あえのがたり

加藤シゲアキ
朝井リョウ
今村昌弘
蝉谷めぐ実
荒木あかね
麻布競馬場
柚木麻子
小川哲
佐藤究
今村翔吾

COLLECTED SHORT STORIES
AENOGATARI

講談社

目次

COLLECTED SHORT STORIES

AENOGATARI

装画　加藤シゲアキ
装幀　川谷康久

あえのがたり

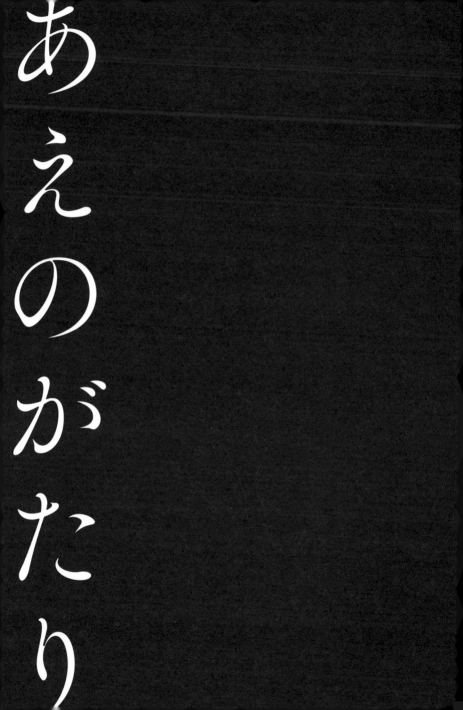

【あえのこと】
奥能登地域の農家に伝わる〝田の神様〟を祀り、感謝をささげる儀礼。
「あえ」は「おもてなし」を、「こと」は「祭り」をあらわす。

【あえのがたり】
十人の作家による、一万字のおもてなし。

そこをみあげる

加藤シゲアキ

輪島《わじま》にやってきた吉鉄《よしてつ》は潮風に目を細め、整然とする街に心を乱す。人工的な美しさが横たわるこの街は、逃避行には合わないように思えた。

輪島に逃げろと言ったのは、いつも前科がないことを自慢気に語る先輩だった。酒が入ると必ずそう嘯《うそぶ》くので陰で「前科なしの信用なし」とからかわれていた。

特殊詐欺ででかそうなヤマを見つけた吉鉄は、上には内緒で後輩に取引させた。己の懐《ふところ》に金を入れたかったのもあるが、他の人間に話せば止められるとわかっていた。それほどリスクのある案件だった。しかしそれを覚悟で吉鉄は決行した。

射幸性の低いカモを相手にちまちま稼ぐことに嫌気がさしていた。美味《うま》い話には裏があるという世界の理《ことわり》はもうまっぴらだ。――そう思いながらも、後輩を楯《たて》にするあたりが吉鉄の人としての小ささを物語ってもいた。

警察の罠《わな》にまんまとはまった後輩が、口を割るのは時間の問題だった。吉鉄が慌てているのをどこから知ったのか、前科なしが目の前に現れ、言う。

「吉鉄。輪島に行け」

「……どうしてすか」

「逃げるんだろ？」

「いや……」

「あのあたりはそれなりに復興したと聞いてる。だけどまだ終わっちゃいない」

電子タバコをくわえ、彼が続ける。

「十年くらいじゃ元通りにはならねえ」

「だけど俺じゃ馴染《なじ》めないっすよ」

「大丈夫だ。ボランティアになりすませばいい。というか本当にボランティアをやってればいいんだ。そしたら誰もお前がクズだとは気付かない。時間が経《た》ったら『この土地が気に入った』ってことにして住めばいい」

「いやっすよ、あんなところに住むの。寒そうじゃないっすか」

「住人がいるんだからそんなに悪いところじゃないだろ。それにお前はこの仕事向いてない」

「じゃあ先輩は向いてるんですか？」

吸い終わった電子タバコを箱の中に丁寧に戻し、彼は言い放つ。「当たり前だろ。俺は一生前科がつかねぇんだから」

輪島に着いた吉鉄は、特殊詐欺のために用意していた偽の身分証明書の束から――うまく嘘《うそ》をつけるよう苗字《みょうじ》だけを変えていた——未使用のものを選び、ボランティアセンターに向かった。

受付にいた男の顔は角張っていて、力強かった。髪色は薄く、瞳は青い。胸ポケットにクリップで留められた名札には『ニコラス』とある。

適当に書いた履歴書と偽の身分証明書を差し出し、「ボランティアをしたいんですが」と伝えると、彼は受け取りながら吉鉄の手首をちらりと見た。長袖の先からトライバルデザインの入れ墨がはみ出していることに気付き、さっと腕を引っ込める。彼はふっと微笑《ほほえ》み、「黒沢《くろさわ》吉鉄さんねぇ」と言う。

「ボランティア、本当にしたい？」

「……はい」

「そう、じゃあよろしくお願いします」

ニコラスは淡々と活動について説明したが、話はあまり入ってこなかった。彼はそのことを察したように「そんなに不思議か？」と口にした。「私はここで生まれた。比喩じゃないよ。本当に輪島生まれなんだ」

ボランティアの活動はイメージしていたものと違い、引っ越しの手伝いや炊き出し、写真の浄化などだった。それなりに忙しくはあったが、ニコラスの勧めで休日や空いた時間はバイトで埋めることにした。「暇と仲良くしたってろくなことはない。やりたいことも特にないんだろ。バイトを紹介してやるから行ってこい」

何でも見透かすニコラスのことは苦手だったが、吉鉄は彼に言われるまま道路工事の誘導員や運転代行などのバイトをした。楽して生きることを優先してきた吉鉄にとって、ボランティアもバイトもどちらも退屈であったが、飽きるよりも先にいつも疲労が来てしまい、寝泊まりしている仮設住宅に帰るとすぐに眠りに落ちた。

そうこうしているうちに日々はあっという間に過ぎ、気付けば一年が過ぎた。居ついてみると、確かに悪くはなかった。季節のめりはりがはっきりしているためか飯はやたら美味く、日ごとに表情を変える景色は、叙情的な感性のない吉鉄の心でさえも打ち抜いた。そしてなにより、人がよかった。

休憩時間に路肩に腰掛けていると、被災した高齢者から握り飯をもらうことがあった。息子が街から出たのでもう使わないからと、ロードバイクをもらったこともある。お礼になにか手伝うと、今度は千円札とビールを差し出された。もらえないと断っても強引に渡してくるため、受け取るしかなかった。

ボランティアの延長だったはずが図らずも報酬を得てしまい、吉鉄は戸惑った。しかし似たようなことが何度も続き、そのうちに食材や服など一通りの生活用品が買わずとも集まってくる。最終的に空き家まで譲り受け、仮設住宅から引っ越した吉鉄は、当初想定していた寄《き》留《りゅう》とは異なり、輪島に移住したかたちになっていた。

人との繋《つな》がりが増えると、便利屋のような仕事を直接依頼されるようになった。ボランティア活動や日雇いバイトはすっかりなくなり、輪島の一市民として吉鉄は馴染み始めていた。

特に吉鉄を気に入ったのは漁業関係者だった。彼らは吉鉄の腕を見ても嫌悪感を出さず、「ちょっと触らせて」と黒い皮膚を撫《な》でた。不思議なことに吉鉄はそれが嫌ではなかった。「おっさんも入れるか？　腕のいい墨師、紹介するよ」「いいなぁ。恵比須《えびす》さんでも彫ってみるか」

そうして便利屋の仕事は徐々に漁業関連の仕事にすり替わっていく。漁港の掃除や、氷の運搬、魚の仕分けなどをしていると、またボランティアに戻ったような気になったが、以前よりも退屈はしなかった。

漁師に船に誘われたのは、仲間のひとりが体調を崩したからだった。「誰でもいいわけじゃないんだ、お前を見込んで言っている。今日は潮も凪もいいんだ、間違いないんだ。頼む、一緒に来てくれ」

しかしその漁師の当ては外れ、魚は数えるほどしか網にかからなかった。彼は悔しさと恥ずかしさを笑みで押し殺し、「吉鉄がいたせいかもなぁ」と軽口を叩《たた》いた。「お前、神様に見放されてそうだもんな」

ただ船に乗っていただけの吉鉄のせいであるはずもないが、この言葉はことのほか響いた。

――神に見放されている。

自覚はあった。

中学生のとき、両親が離婚した。そのとき、どっちについていくか聞かれ、父を選んで引っ越した。そこから近い学校はふたつあり、どっちにするかと聞かれ、あえて遠い方を選んだ。少しでも距離があった方が、帰りがけに寄り道してもばれにくいと思った。それ以外に特に意味はなかった。その学校で仲間と出会い、少年犯罪に手を染めた。父は他界し、母は弁護士と再婚した。面倒をみてほしいと頼んだが、絶縁を宣言され、儲《もう》かると聞いた特殊詐欺グループメンバーに参加した。神が近くにいれば、人生こんなことにはならなかった。

打ちひしがれた吉鉄は防波堤を先まで歩き、赤色の灯台に背をつけた。沖を見つめていると、海鵜《うみう》がどこからともなく飛んできて、海面に座る。漣《さざなみ》を立たせながら泳ぎ進む姿は、小型の帆船を思わせた。かと思うと海鵜は海面に頭を突っ込み、そのまま水中に潜っていく。長い時間だった。ようやく顔を出した海鵜の嘴《くちばし》には尾をばたつかせる鯵《あじ》があった。吉鉄はその場を離れ、港の方に戻っていく。そのとき、落日に照らされた山の隙間に白く尖《とが》った物体が見えた。それまで全く目に入らなかったが、一度認識してしまえばどうして今まで気付かなかったのか不思議に思えるほど、その白は目を引いた。

＊

太一丸《たいちまる》と名付けられた名雲一太《なぐもいちた》の新艇は、一度も沖に出ることなく、海に別れを告げた。

輪島港の地盤が隆起したのは、元日のことだった。能登半島《のとはんとう》で起こった最大震度七の地震は港の地形を大きく変え、海底は太一丸の船底に触れたことなど気にも留めることなく、一分ほどで海面を突き破った。停泊していた船が全て座礁しただけでなく、港付近が干上がったため現状のままでは水揚げが不可能となり、漁港としての機能は完全に失われた。

漁師たちは一様に絶望した。しかし一太には特別同情せざるを得なかった。

地元の子供達は漁師を現実的な未来の消極的職業選択のひとつとして捉えるなか、一太だけは物心ついたときから船に乗ることを夢見ていた。その志は迷うことなく、水産高校へ入学、卒業後は地元で名のある漁師に弟子入りを果たした。気難しい漁師も多いなか、熱心に働く一太は師匠のみならず先輩たち皆から可愛《かわい》がられ、漁師に必要な技術を円滑に学ぶことができた。そして五年の修業期間を終えると、いよいよ独立となり、全財産をつぎ込んで新艇を拵《こしら》えた。

——二〇二四年から俺の人生が始まる。

希望と期待に一太は身体《からだ》をよじらせ、ときに踊った。しかし年が明けてすぐの地震は彼のダンスをぴたりと止め、悪い予感で埋め尽くした。

干上がった港から船を出すことができない、くらいのことであればまだよかった。家具が倒れてぐしゃぐしゃになった自宅を気に留めることなく港まで一心不乱に駆けていった一太が目にしたのは、座礁した新艇の姿だった。剝《む》き出《だ》しの海底は手のひらで弄《もてあそ》ぶように船を傾けており、粗い凹凸の地面は船底を傷つけてなお、プロペラを割っていた。

それでも修理をすればなんとかなるはずだった。しかし一度も沖合を知らないまま陸に揚がった新艇を目の当たりにした一太に、未来を考える余裕などなかった。

堤防から下りて太一丸に近寄った一太は、船底に額を当て、泣いた。両手を広げ、船に抱きつこうとする彼の姿に、まだ被害の少なかった他の漁師は目を逸《そ》らして言った。「どん底だな」

日が暮れても一太は家に帰ろうとしなかった。斜めになったキャビンに乗り込み、操縦席に座って以前まで海に浸《つ》かっていた海岸を見つめる。窓の隙間から吹く寒風によって一太はどうにか正気を保っていたが、それも束《つか》の間《ま》、彼はすぐにおかしくなった。

日が経っても、彼は船に居続けた。心配した両親や先輩漁師達が堤防から「余震が危ないから船から出ろ」と注意するも、一太は聞こうとはしなかった。彼らはしかたなく握り飯と水の入ったペットボトルを船に投げ入れて、その場を後にする。そのように毎日誰かがやってきては、水と食料を渡した。

しかし彼らも彼らで生活は大変だった。いつまでも一太に構うことはできず、やがて気遣うものは減っていく。両親でさえ彼を見放し、「お前も出る気になったら連絡しろ」と言い残して遠方の親戚を頼り、石川を離れた。

腹を空かせた一太がようやく船から出たのは、二月になったばかりの頃だった。

ボランティアの炊き出しを求めて街を彷徨《さまよ》うと、焦げた臭いが鼻を突く。ありとあらゆるものが焼け切った無残な臭いだった。そこにあったのは一階部分が潰れた木造家屋、倒壊したビル、火災で延焼した市場——生まれ育った場所はすっかり様変わりし、今になって震災の被害を直視した一太は再び立ち尽くした。

「おい、一太か?」

そこに立っていたのはヘルメットを被《かぶ》った体躯《たいく》の大きい男だった。青い瞳と猛禽《もうきん》類を思わせる鼻梁《びりょう》に一太はしばし目を奪われた。

「ニコラスか?」

「あぁ、覚えててくれたか」

ニコラスは小学校の級友だった。仲がよかったが、五年生に上がる前に親の都合で岩手に引っ越すことになった。「落ち着いたら電話をする」。ニコラスはそう約束したが、彼がいなくなってすぐに東日本大震災が起き、電話がくることはなかった。

「ニコラス、無事だったのか」

「あぁ。今のお前よりもよっぽどな。最近鏡見たか? 一太、ついてこい」

促されるまま後を追う。歩きながら「こんなところで何やってんだ」と問うと、彼は「どう見ても災害派遣だろ」と大きく手を開いて迷彩服を見せた。

ニコラスが案内した公民館は避難所になっていて、駐車場に設置されたテントには男湯と女湯の暖簾《のれん》がかかっていた。

ニコラスは無精髭《ぶしょうひげ》の生えた顎をテントに向けて言う。「入ってこい。お前の臭いで俺が災害支援を止めたくなる前にな」

一月《ひとつき》ぶりの風呂から上がると、ニコラスがラーメンを持って待っていた。受け取って啜《すす》ると、死んでいた心がわずかに動く。

聞けば、ニコラスは東日本大震災で助けてもらった経験から、自衛隊を志望したという。輪島への派遣は偶然だったが、多少土地勘があることをチームリーダーに伝えると、現在はこの一帯の支援を任されているとのことだった。

「短い間でも自分が育った街だからな」

ニコラスが空を見る。「それで、困ったことはないか？」

一太は船が座礁したこと、そして今はそのなかで寝泊まりしていることを話した。ニコラスは避難所に来るよう言ったが、一太はその気はないときっぱり言った。

「ただ、船を引き揚げてほしいんだ」

「漁港の船を別の港に移送する計画は進んでいる。修理が必要なら、手伝ってくれそうなところを当たるのも可能だ」

「違う」

白い息が一太の顔を霞《かす》ませる。

「太一丸をあのあたりに持って行きたい」

一太が指差したのは、壁面の土砂が崩れた山の中腹だった。

「あそこに祖父の土地がある。こうなっては価値はないも同然だ。売れることもないだろう。だからあそこに、船を持って行く」

「なんのためにそんなことを」

「太一丸を日本で一番高いところにある船にしたい」

ニコラスは「そこまで勝手なことはできない」と一蹴したが、一太は食い下がった。その日以来何度も頼みに来る彼に根負けし、ニコラスは秘密裏にクレーン車と牽引車《けんいんしゃ》を手配した。そして希望通り、輪島市が一望できる山間の土地に運び込まれ、事前に設置しておいた二本の丸太の上に下ろされた。

「これで満足か？」

目を眇《すが》めて言うニコラスに一太は肩を抱いて言った。「あぁ、最高の気分だ。まるで海に出たように晴れやかだよ」

一太は太一丸に乗り込み、デッキに立った。輪島市に向けられた舳先《へさき》から、街を見下ろす。地震による壊滅的な被害がはっきりと見て取れた。

「これはまだまだ時間がかかるな」

いつのまにか隣に立っていたニコラスに、一太は「もうひとつお願いがある」と言った。

「おいおい、勘弁してくれ」

「難しいことじゃない。ここになぜ船があるのか、本当のことは誰にも言わないでほしいんだ」

一太はキャビンの壁に手を突いて、続けた。「太一丸についてなにか聞かれたら、適当にかわしてくれ」

ニコラスは細い髪の隙間に指を滑り込ませて、こたえた。

「はいはい、わかったよ。俺だって災害支援期間にこんなことやったってばれたら何言われるかわからないしな。それで、これからどうするんだ」

「酒を呑《の》む」

「いや、そういうことじゃなくて」

一太は用意していたテントや焚《た》き火《び》台を太一丸の横に広げた。そしてローテーブルに日本酒を置き、「自衛隊は酒は呑んじゃいけないのか？」とニコラスを見た。

「任務中だからな」

「じゃあ、ひとりでやらせてもらう」

「勝手にしろ、俺は行く」

夜になると太一丸は焚き火に照らされ、厳かに輝いた。

一太は太一丸が海面を裂いて進んでいく姿を想像した。優美で、勇敢だった。叶《かな》わなかった夢を思いながら呑む日本酒は、なかなか酔わせてはくれなかった。

「ここがお前の墓場だ。海に沈むよりはいいと思うんだがどうだい？」

ちらちらと炎に揺れる『太一丸』という文字が、一太の心を慰め、貫いた。

＊

翌日、吉鉄はロードバイクで山に向かった。麓に近づくと、船であることがはっきりと見て取れ、吉鉄の興味はさらに高まった。勾配を漕《こ》ぎ上げていくのはかなり体力を消耗したが、それでも一度もバイクから降りることなく、船を目指す。

太一丸という文字が見えたとき、吉鉄のＴシャツからは汗が滴っていた。バイクから降りて船底に立て掛けた彼は、ぐるりと船を一周した。

船は雨や砂、落ち葉でずいぶんと汚れていた。キャビンに入ると責任者氏名のところに『名雲一太』という名がある。ハンドルの脇には海上安全御守がぶら下げられていた。

デッキに出て街を見下ろすと、どこになにがあるのかすぐにわかった。港はもちろん自宅、知り合いの家、区役所、公民館、駅。グーグルマップで見ているかのごとく、地図が景色に重なる。

逃げてきただけの街から、いつかまた逃げる日が来るのだろうか。

山頂から吹く風が吉鉄のＴシャツを膨らませ、去っていく。

それから吉鉄は太一丸に通うことが日課になった。

初めの頃はそのつもりではなかった。船の汚れが気になり、掃除をしようと思い立ってほうきやブラシを持ち込み、葉や砂を掃いた。問題は水洗いだった。近くに水源がなく、原始的なやり方しか思いつかなかった吉鉄は、ペットボトルを三本リュックに入れて山を登り、雑巾で少しずつ船を拭いていった。

一週間かけて全てをきれいにすると、吉鉄の心はすっかり満たされた。しかし明くる日に雨が降ると、また汚れてはいないかと気もそぞろになり、雨が止《や》むなり再び太一丸へとバイクを走らせる。

そうするうちに、吉鉄は船の様子を確認しなくては気が済まないという強迫観念に囚われ、雨の日を除いて毎朝太一丸の顔を見に行くようになった。ペットボトルは必要なときに使えるよう、いつもリュックに入れていた。太一丸に着いた吉鉄は、掃除をすると必ず掌《てのひら》を合わせ、「今日も一日見ていてください」と祈り、ペットボトルを置いて山を下った。

例の漁師から再び漁に誘われたとき、吉鉄の身体はずいぶんと引き締まっていた。「そこの男前、ちょっと手伝ってくれ。今日ほどいい海はないのに、またあいつが体調を崩した」

船が港を出るまで、やっぱり断ろうか悩んだ。岸が遠のいてもなお、不安を拭うことはできなかった。

網を下ろしてローラーで巻くまでの間、吉鉄は艫《とも》に立ってあたりを見渡す。朝日によって陰影のついた鱗雲《うろこぐも》と、その下で立つ白波に目を奪われていると、水平線に飛沫《しぶき》があがるのが見えた。なにかと思って目を凝らすと、白い巨体の背が姿を現し、そして横幅の広い尾が海面から飛び出した。

「鯨だ」

その白さは遠目にも眩《まぶ》しかった。

鯨が再び姿を見せることはなく、それはほんの一瞬の出来事だったが、吉鉄が目にした光景は網膜にはっきりと焼き付いた。

巻き上げ網には、破けてしまいそうなほど魚がかかっていた。漁師は自分の読みが当たったことを興奮気味に叫びながらも、誇らしげに言った。「お前に豊漁の神さんがついたのかもな」

吉鉄はより一層太一丸に通うようになったが、それは次第に彼だけではなくなる。

漁師は信心深い。後に別の漁師を手伝った際も大漁だったことがきっかけで、吉鉄の見えない力が漁協で話題になり、噂《うわさ》を聞きつけた不漁続きの漁師がまた彼を求めた。それもまたうまくいき、「吉鉄が船に乗れば御利益を受けられる」と、すっかり縁起のいい男となっていく。

ある漁師が尋ねた。「お前はどうしてそんなに神様に愛されてるんだ」

吉鉄はどうせ信じてもらえないだろうと、話すのを躊躇《ためら》ったが、それも太一丸に無礼に思え、おそるおそる山を指差した。「あそこに通っているからです」

漁師は焼けた頬に皺《しわ》を寄せて言った。「一太の船がどうかしたのか？」

「知ってるんですか?」

「知ってるもなにも、あいつは俺の弟子だった。震災で頭が変になっちまったが、才能のある男だったよ」

それから吉鉄は名雲一太について聞いたが、彼の船がどうして山にあるのかはその漁師も知らなかった。ただ子供たちのあいだでは、太一丸が自ら山に登ったという伝説が広まっているらしいとのことだった。


明くる日、太一丸に行くとその漁師が立っていた。「気になって見に来ちまった。こんなに立派な船だったんだな。さぞ沖に出たかっただろう」

船を囲んだペットボトルの乱反射が、太一丸をちらちらと照らす。

漁師はもとからそうしていたかのように合掌した。自《おの》ずとそうした彼に吉鉄は驚いたが、それこそ太一丸の力であるように思え、改めて畏怖の念を抱き、同じようにした。

その日から太一丸には漁師が集まるようになった。やがて漁師だけでなく漁業関係者やマリンスポーツの関係者なども訪ねてくるようになり、それどころか交通安全祈願、開運祈願、厄《やく》除《よ》けや商売繁盛など、あらゆる人があらゆる願いをそこに置いていった。輪島のガイドブックに太一丸が掲載された年、吉鉄は小型船舶操縦士免許を取得した。

元日の祭りは輪島の人々のみならず、近隣からも人を集めた。これもある種の初詣だろうと、企画した吉鉄は言った。輪島市の自治会長に任命された吉鉄は、兼務している太一丸神社管理組合長の権限をうまく使い、この祭りを立ち上げた。

＊

立派な鳥居を構えた神社になってから、およそ四十年が過ぎた。太一丸の経年劣化は免れていないが、それでも補修とメンテナンスを繰り返し、どうにか船としての風格を維持している。割れたプロペラもエンジンも、使わなくなった漁船から譲り受けて付け替えた。

能登半島地震から五十年を記念してなにか考えて欲しいと頼まれた吉鉄は、この祭りのほかになにも浮かばなかった。震災を忘れないためという名目以上に、彼は太一丸が航行するのを見たかった。

山から下ろされた太一丸は滑車に載せられ、漁師達に曳かれて街を練り歩く。注連縄《しめなわ》や紙垂《しで》だけでなく、花やＬＥＤで華美に装飾されたその船は、山車《だし》としての迫力と貫禄を正《まさ》しく備えていた。

賑《にぎ》やかな歓声を受けながら人波のなかを進んでいく太一丸に、吉鉄は思わず涙が滲《にじ》んだ。道路脇に溜まる人々の笑みがまた、それを助長する。

そこに混じるふたりに目が留まる。ひとりはニコラスだった。色の薄かった髪はすっかり白髪で、顔に刻まれた皺は幾重にも折り重なっていたが、野性的な力強さは健在で、まだまだ元気そうだ。

もうひとりの男は知らなかったが、吉鉄と同じように涙を浮かべて、ハンカチで拭っている。

太一丸が港に運ばれると、いよいよ進水式となる。紙吹雪と風船が舞うなか、吉鉄が船に乗り込もうとすると、誰かから肩を叩かれた。見ると、さきほどハンカチで目元を拭っていた男がいた。

「あなたが、この船を操縦するんですか」

「ええ。私は漁師をしていましたから」

「私にも、やらせてもらえませんか」

「それは……そもそもあなたはいったい」

そこまで言って吉鉄は理解する。

太一丸は海を行く。初凪《はつなぎ》に澪《みお》を引きながら。

ハンドルを握る男の手が緊張でじんわりと汗ばむ。そのすぐそばで、御守がいったりきたりしながら揺れている。澄み渡る視界が霞むのをどうにか堪えつつアクセルレバーを上げると、エンジン音が潮騒《しおさい》に被さって唸《うな》った。

船縁《ふなべり》に立つ吉鉄はその音に耳を傾けながら、日本酒を海に撒《ま》く。古くから伝わる進水の儀式を終えると、酒の香りが鼻を掠《かす》めて散った。

そして蒼天《そうてん》を見上げ、振り返る。その向こうには隆起した海岸と、ただの山があった。

うらあり

朝井リョウ

太洸　最終ログイン　32分前
よしたか　最終ログイン　7時間前

「ほんとだ、きれい」

茉由《まゆ》がそう言うと、あかりが「まじでべっこう飴《あめ》の色じゃーん」とスマホを掲げた。その瞬間、新吾《しんご》が、丼が載った盆のまわりをサッと片付ける。

「すご、阿吽《あうん》の呼吸」

「さすがだよね」

俺と茉由がニヤニヤしたところで、あかりと新吾は〝いつものことだから〟という顔をしている。実際、いつものことなんだろう。あかりのインスタにはよく飯の写真がアップされているし、二人の付き合いはもう三年近くになる。

「おいしー！」

「魚食べてるって感じだよね」

「一人暮らししてると魚って食わねえもんなー」

「確かに」

白身魚を唐辛子醤油《しょうゆ》に漬け込むことによって、透き通るような美しいべっこう色が出来上がります——そんな説明文に後押しされて全員で頼んだべっこう丼は、確かに、白身魚が何かしらの醤油に漬け込まれたような味をしていた。べっこう色というのは正直よくわからなかったけれど、茉由はきれいだと言っていたし、あかりもわざわざ写真を撮っていたから、きっときれいだったんだろう。

「てか大丈夫なの、丼ものとか食べて」

「魚は良質なタンパク源ですから」

俺がそう答えると、茉由が「ウケる」と言った。特に笑っているようには見えないけれど、ずっと楽しそうではある。

「俺ら旅行中はそういうの気にしないんで。なあ」

「ほんとこいついつもタンパク質タンパク質うるさいの」

あかりが茉由に向かって眉をひそめる。新吾が「お前ももうちょっと気にしたほうがいいんじゃねー」と言って、あかりに殴られる。この流れもいつものことだ。

「てか、まじで宿空《あ》いててよかったよね。奇跡じゃない？」

食後のお茶を啜《すす》りながら茉由が言う。茉由の丼には三分の一ほど、あかりの丼にはそれよりもうちょっと少ないくらいの白米が残されている。

「ほんとにね。このシーズンどこも満室だもんね、値上がりもやばいしさー」

「二部屋空いてたんだろ？　夏でも予約スカスカな激ヤバな宿だったりして」

「口コミ見た限り急にキャンセル出ただけだと思うけど」

俺はそう補足しながら今の時刻を確認する。この島に着いたのが十二時前、まだ昼食を食べ終わったばかりで、チェックインの十五時まではしばらく時間がある。

「レンタカーとか借りといたほうがいいんだっけ？」

「いや、宿はここから徒歩で行けるっぽいよ」

「なんかレンタサイクルとかもあるんだよね？」

思い思いの発言が飛び交い始めたところで、新吾が「とりあえず」とお茶を飲み干した。

「チェックインまではこのへんぶらぶらして時間潰して、そのあとのことは宿で考えねー？

俺とりあえずもっと島感じたいわ」

伝票を引き寄せた新吾の金髪越しに、東京では見られない青い景色が広がっている。

太洸　ログイン中　位置情報オン
よしたか　最終ログイン　8時間前

周辺をぶらぶら歩き回っていると、いつのまにかまた港の近くにまで戻ってきていた。さっきまでは何もなかった広場が、やけに賑《にぎ》やかになっている。

「え、あそこにあるのって櫓《やぐら》じゃない？」

「何、夏祭り的な？」

港の広場の真ん中には、いかにもこれから提灯《ちょうちん》でもぶら下げられそうな櫓が設置されている。その周りでは、沢山のテントや屋台がまさに今組み立てられていた。

「兄ちゃんたち大学生？　ダブルデートで旅行か？」

声がしたほうを振り返ると、浅黒い肌と白いタンクトップのコントラストが鮮やかな男が、俺たちに向かって微笑《ほほえ》んでいた。

「ダブルデートではないんですけど」新吾がいたずらっぽい目でちらっと俺を見る。「全員大学四年です」

「来年から社畜でーす」

そう口にしてみてすぐ、就活以降口癖のように使ってきた社畜という言葉がこの場所には全く馴染《なじ》まないことに気づいた。

「学生最後の夏休みってやつか」

「まさにそれです」

旅先では、そして島という場所では、自分の中にある基準がぐらぐらと変化するらしい。

〝見知らぬ人に話しかけられる〟という、普段ならば警戒心を顕《あらわ》にしてしまうような出来事も、今なら特に気にならない。

声をかけてきた男によると、今日はちょうど、年一度の夏祭りの日みたいだ。夕暮れ時から、この場所には多くの人が集まるという。

「えーめっちゃ偶然、超ラッキーじゃん」と、茉由。

「お前らタイミング合わせて来たんじゃないのか」

目を丸くする男に向かって、俺たちはやけに大げさに説明する。本当はここからもっと離れた島に行くつもりだったが天候的にその島には接岸できない可能性が高くなったこと。せっかく四人の予定を合わせたので、旅行を中止にするのではなく接岸できる範囲にある島を急遽《きゅうきょ》探したこと。偶然二部屋空いている宿を見つけたのでこの島に決めたこと、つまり事前のリサーチが殆《ほとん》どできていないこと——簡単に経緯を説明すると、予想通り、男は「じゃあいくつかおすすめの場所教えようか」といかにも観光地の住民らしい申し出をしてくれた。

「えーありがとうございます、やさしい〜」

「できたら徒歩か自転車で行ける範囲だと嬉しいです、とか言ってみたりして」

女子ふたりが、合わせた両手を擦り合わせる。「わがままな奴《やつ》らだな」なんて言いつつ、男はまんざらでもなさそうにしている。

俺はふと、広場の隅のほうに、公衆トイレらしき建物があることに気づく。

「ごめん、俺ちょっとトイレ行ってくる」

歩き出した俺に、新吾が「うんこ？」と訊《き》いてくる。

「ビンゴ」

「男子黙ってー」

男から情報を聞き出していたあかりが、ぎゅっと眉をひそめる。

太洸　ログイン中　位置情報オン
よしたか　ログイン中　位置情報オン　太洸さんからメッセージが届きました。
太洸『初めまして。旅行ですか？』
よしたか『初めまして。旅行で来てます。誰もいないだろうなと思ってログインしたところだったので、メッセージ来てびっくりしました笑』
太洸『俺は地元民なんですけど、たまにこんな感じで島内でピン立ってるの見つけたらメッセージ送ってみてるんです。いきなりすみません！』
よしたか『そうなんですね。てかこの状況、今この島でこのアプリ使ってるのが俺らだけってことですよね？』
太洸『小さな島なんで、いつもは俺ひとりだけなんですよ笑　あれですか、港の夏祭りに合わせていらっしゃった感じですか？』

「隆義《たかよし》」

旅館の部屋に入った途端、新吾に名前を呼ばれる。

「お前紙のタバコ持ってるっけ？　なんか俺のアイコスぶっ壊れたかも」

男部屋と女部屋、計二部屋予約した旅館の和室は、これまで泊まってきたどのホテルよりも広い。それでいて良心的な値段だったから、やっぱり評判が悪いとかではなく誰かが急にキャンセルしたのだろう。

「いや、俺禁煙したから」

「え、あれマジだったの？　絶対挫折してると思ってたんだけど」

「何でだよ。現に俺この旅行でタバコ吸ってねえだろ」

新吾が不服そうな表情で、「つまんねえー」とぼやく。

来春から通うことになる就職先のオフィスには喫煙所がない。そもそものビル自体に喫煙所が設置されていないらしく、だったらいっそ入社までにタバコを止めることにしたのだ。

「アイスとかさ、甘いもの食べたあとって、おタバコ吸いたくなりませんか？」

「悪いけど俺もうそういう段階超えたから。カレー食ってもタバコ吸わずにいられる人間になったから」

「マジでおもんないわー」

港の広場を出たあとは、皆でアイスクリームショップに行った。島の男が教えてくれた店で、丘のような場所をぐるりと回りながら登った先にあった。看板商品のソフトクリームは、島で育った牛から搾られる牛乳をたっぷり使用しているらしく、味が濃くて美味《おい》しかった。

「無理無理、あかりのアイコス借りよーっと」

「あのさ、このあとって海行くって思っててていいんだっけ？」

早速部屋を出ていこうとする新吾に、俺は尋ねる。

「そうなんだけど、ちょっと休んでからにしねえ？　俺今海どころか昼寝したい気分」

新吾はそう言うと、「てか、こっちの部屋に茉由連れてこようか？」とニヤリとした。

「そういうのいらないから。俺ここで休んでるし、また連絡して」

りょうかーい、と部屋を出ていく新吾の金髪が、旅館の電灯にぴかりと照らされる。

太洸　ログイン中　位置情報オン
よしたか　ログイン中　位置情報オン
よしたか『返信遅れてすみません、ひとりになるタイミングがなくて。祭り行く予定です！港にいた島の人が声かけてくれて、色々教えてくれました。櫓を囲んで盆踊りとかするんですよね？』
太洸『誰かといるとログインしづらいですよね、気にしないでくださいー。夏祭りは盆踊りもしますし屋台もいっぱい出ますよ！　多分よしたかさんたちに声かけたの、島の商工会の人だと思います。旅行者をとにかくもてなしたがる人たち笑』
よしたか『確かにいかにも地元の人たちって感じでした笑　こっちは男女二人ずつの四人組で、多分二十時ごろ行きます。俺は金髪じゃないほうの男で、黒いキャップ被《かぶ》ってます』
太洸『俺は白いTシャツと黒い短パンです。妹とテントでかき氷売ってるので、よかったら笑』

「島来て海水浴して祭りとか、マジで夏フルコンボすぎるな」

「夜飯も美味《うま》かったしなー」

港までの海沿いの道を、四人連れ立って歩く。しっかり品数のある〝旅館の夕食〟を平らげておきながら、不思議と腹には余裕がある。早めの時間帯だったからかそのタイミングでは飲酒を控えていたからか、理由は色々だろうが、やっぱり海で相当体力を消耗していたのだろう。

「てか私夏祭りとかめっちゃ久しぶりかも。ワクワクがすごいんだけど」

「ねー、わかってたら浴衣《ゆかた》持ってきたのになあ」

海から旅館に戻ってから夏祭りに出向くまでの間に、あかりも茉由もしっかり外出用の身支度を整えていた。俺と新吾はシャワーを浴びて、さっき慌てて全身に日焼け止めを塗りたくったくらいだ。

「てかさ、この島の人たち皆ほんっとに優しくない？」

「ね、宿の人たちも優しすぎてこっちが申し訳なくなるくらいだったよね」

「ひとつひとつご飯の説明してくれて、夏祭りの歴史とかもめっちゃ教えてくれて」

「客いなくて暇なんじゃね？」

余計な口を挟む新吾のサンダルを、あかりがずんと踏む。

「さっきもさ、いつまでに帰ってきたほうがいいか訊いただけだったのにさ、星がよく見えるスポットまで教えてくれてさ」

「そもそも別に玄関は施錠しないのでいつでも帰ってきていいですよーって。え？　って感じだったよね。海から戻ってきた時点で受付に誰もいませんでしたけど、みたいな」

「ほんとそれ。東京じゃありえないよね」

「やば、見て見て」茉由が突然立ち止まる。「夕日やばすぎ」

右手に広がる水平線に、ちょうど橙色《だいだいいろ》の塊が溶けていく。十八時半過ぎ、ちょうどこの島にも夜が覆《おお》い被《かぶ》さってくる時間帯だ。

「綺麗《きれい》」

皆で同じ方向に顔を向ける。横顔の、同じところに潮風が当たっている。遠くの方から、かすかに祭り囃子《ばやし》の音が聞こえてくる。

太洸　ログイン中　位置情報オン
よしたか　最終ログイン　３時間前

大勢の人で賑わう広場に着くと、浅黒い肌と白いタンクトップの男が俺たちを出迎えてくれた。

「おっ、来たな！」

「すごいっすね、こんな規模だと思ってなかったです」

「小さな島のショボい祭りだと思って舐《な》めてたんだろ？」

「いやいやそんな、まさにその通りです」

俺の小《こ》ボケにタンクトップ男が豪快に笑う。男の背後には沢山の屋台やテントがあり、そこからひっきりなしに色んな人がやってきてはその男に挨拶をしている。彼が長い年月をかけてこの島に張り巡らせた根が、祭りの場を介して可視化されているようだ。

「この空気感、テンション上がる〜！」

「あの、これって誰でも入っていいんですよね？」

茉由が、広場の中心を指して言う。老若男女、何十人という人が櫓の周りをぐるぐる回りながら、俺たちの知らない音に合わせて、俺たちの知らない動きをしている。多分これがこの島の〝盆踊り〟なんだろう。

「もちろん、誰でもオッケー！」

「え、俺こういうの全然できねえんだけど」いつも強気な新吾が、急に気弱な声を出す。

「いいのいいの、踊れるとか踊れないとか誰も気にしてねえから。あ、逆走だけはＮＧな」

行ってきな行ってきなと背中を押されるまま、俺たちは盆踊りの輪に入っていく。輪の中心にある櫓の上では、法被《はっぴ》を着た数人の男女が大きく大きく手足を動かしている。おそらく手本の役割を担っているのだろう、その姿を見ながらなんとか動きを模倣してみる。

「やば、私盆踊りって初めてかも。やってみると楽しー！」

「これはいい腹ごなしになるね～」

タンクトップ男の言っていた通り、輪の中に入ってみれば、正しく踊れているかどうかなんてどうでもよくなった。踊るというよりも、この島の鼓動に身体《からだ》を合わせるという感覚だ。

「待って、新吾の動きやばいんだけど」

「いや隆義くんも大概だよ。何でそこでそんなガニ股になるわけ？　ターンも逆！」

「うるせえ！」

「俺今、最終面接以来の集中力発揮してるから」

「おーい！　おーい！」

三度目くらいまで、それが自分たちに掛けられている声だとは気づかなかった。「おーい、大学生たち！」声のしたほうを見ると、いつのまにか櫓の上に登っていたタンクトップ男が俺たちに手を振っていた。

「せっかくだからこっち上がってきな！」

「えっ！」ぱっと顔を輝かせる女子ふたり。「いいんですかー!?　行ってみたーい！」

「えっ？」げっと顔を見合わせる男子ふたり。「無理です俺たち全然踊れないんで！」

関係ねえ関係ねえと、まるで巨大なうちわで下界を扇《あお》ぐかのように、男が大きく手招きをする。櫓の上にいる人たちも、下界で踊り続けている人たちも、明らかに外様《とざま》の俺たちを笑いながら見守ってくれている。

櫓から見下ろす景色は、夏の夜空みたいだった。

沢山の人の中でも、旅行者と島民の違いはなんとなくわかった。踊りの練度を見ずとも、服装に始まる外見への気遣いがどうしたって島民のそれとはどこか違うのだ。旅行者がいくらラフな格好をしてみたところで、生活者としてこの土地と共に在《あ》る島民たちとは何かが異なっている。でも、櫓の上から眺める三百六十度の景色の中では、そんなこともどうでもよくなった。夜空の中ではあらゆる恒星や惑星が一緒くたにされているように、旅行者も島民もチョコバナナもかき氷も、虫も風も光も音も、この土地が持つ大いなる何かによって、同じ種類のものとして横並びになっているような気がした。

「最高だね」

櫓の上で、誰かが言った。

「ほんと、最高」

皆、笑っていた。だから俺も笑った。

太洸　ログイン中　位置情報オン
よしたか　最終ログイン　5時間前
太洸『櫓の上登ってましたよね笑　かき氷も買ってくれてありがとうございました！』

「ブルーハワイ、一口食べる？」

すぐ左から、茉由が俺にかき氷の容器を差し出してくる。

「あ、ありがとう」「隆義くんのは何味だっけ？」「メロンかな」「へー、一口ちょうだい」

「かき氷のシロップって色違うだけで味は全部一緒らしいぜ」

一番遠いところから、新吾の声が飛んでくる。「そういうこと言わない」あかりはピシャリとそう言いながら、新吾の黄色いかき氷を一口もらっている。あれはレモンだろうか。

宿のスタッフが教えてくれた星がよく見える堤防は、広場から歩いて十五分ほどの場所にあった。海に向かってまっすぐに伸びるその絶景スポットは、昼間は釣りをする人でいっぱいになるらしい。今は、俺たち以外誰もいない。

沢山踊って汗だくになったあとは、テントでかき氷を買った。家庭用かき氷機で作られたものが百円で売られていて、東京でよく見るひとつ千円を超すようなふわっふわのそれとは全くの別物だったけれど、今食べたいのは間違いなくこっちのかき氷だった。

「綺麗」

声のしたほうを見る。いつの間にか、皆が仰向けに寝転んでいる。俺もそれに倣う。

上半身を倒すと、腰から首にかけての骨がぽきぽきと鳴った。アスファルトは固くて冷たくて、夜空は確かに綺麗だった。

「なんかほんとにめっちゃいい人ばっかりだね、この島」

「見た？　かき氷売ってたテントでもさ、たぶん高校生くらいのお兄ちゃんと小さい妹がお母さんを手伝ってて」

「あれよかったよなー兄貴のちょっとぶっきらぼうな感じがリアル反抗期だったよなー」

茉由、あかり、新吾の順に、声の距離が遠くなっていく。「そもそもああやって手伝ってるだけ偉いよな、思春期に」俺も新吾に同調しておく。

潮の匂いに満ちた風が、仰向けの全身を撫《な》でるように通り過ぎていく。視界から夜空が溢《あふ》れ出るたび、自分が宇宙に浮かぶ塵《ちり》になったような気持ちになる。

「なんか私、今、すごく幸せ」

茉由がそう呟《つぶや》いたとき、俺の左手の小指に、何かが触れた。

「皆でこんな素敵なところに来られて、ほんと嬉しい」

それが茉由の右手の小指だとわかったのは、俺がその物体から指を離そうとしたとき、まるで約束事でもするみたいにそっと絡んできたからだ。

「何茉由、急にやめてよー」と、あかり。

「学生最後の夏休みだよ？　センチメンタルにもなるって」

「確かにね。新吾の意味わかんない盆踊り見たあとでも流石《さすが》にセンチメンタルが勝つよね」

「ふざけんな。踊ってやろうか？」

「絶対やめてー」

俺は小さく口を開く。

「社会人か」

その呟きは多分、茉由にしか聞こえないくらいの声量だった。

「あっという間だね」

茉由の返事も、きっと俺にしか聞こえないくらいの声量だった。

「将来のこととか全然イメージできないけどさ」

茉由が、小指に力を込める。

「いつか、好きな人と、こういうところに住めたら最高なんだろうなって思う」

太洸　ログイン中　位置情報オン

よしたか　ログイン中　位置情報オン

よしたか『返信遅れてすみません！　かき氷うまかったです！』

太洸『ほんとに氷削ってシロップかけただけですけどね笑　よしたかさんカッコよかったです！　もう旅館戻った感じですか？』

よしたか『ですね。友達は今風呂入ってます。あと俺は別にカッコよくはないです笑』

太洸『いやいやカッコよかったです！　明日帰るんですよね？　島は楽しめました？』

よしたか『はい。皆めちゃくちゃいい人ですごく楽しめました。でもなんか、俺らみたいな人がここに住むのは色々大変かもな、とも思いました。太洸さんすごいなって』

太洸『別にすごくはないですけど、大変ではありますね。皆顔見知りだから噂《うわさ》とかすぐ広まるし笑　まあでも慣れました、いつものことだから』

よしたか『皆さん本当に優しくて温かかったんですけど、なんか、おもてなしされればされるほどソワソワしたりもして。女友達から距離縮められすぎてヤバッてなってるときみたいな。全然違うか』

太洸『言ってることわかります。どれだけおもてなし〜ようこそ〜な空気出してても、結局俺らはこうやってコソコソ話すしかないですもん。表では会話ナシ、これが本当の〝おもてなし〟笑』

よしたか『まさかのダジャレ笑　じゃあ俺らは〝うらあり〟だ』

太洸『本当は裏でもないはずなんですけどね。このアプリ開いてもいっつもひとりなんで、色々話せて楽しかったです。またこっち来ることあったらメッセください！』
よしたか『わかりました！　俺も話せて楽しかったです。ありがとうございました』
太洸『ありがとうございました。おやすみなさい！』

太洸　ログイン中　位置情報オン
よしたか　最終ログイン　10時間前

二度目でも、これがべっこう色かどうかはよくわからなかった。

「ふー、満腹満腹」

新吾が伝票を持って立ち上がる。その様子に、あかりが「二十四時間前にもこの光景見た気がするんですけど」と笑う。

「てか旅先で同じ店来るとかうちらウケるよね。冒険しなすぎ」

「だってここ港に近いんだもーん。魚もおいしかったし！」

「あかり、船の時間って何時だっけ？」新吾がレジからこちらに振り向く。

「十三時発だから、タバコ吸うんだったら急いだほうがいいかもー」

「はーあ」茉由がわかりやすくため息をつく。「一泊二日ってほんとあっという間だね」

ね、と、茉由が笑いかけてくる。「ほんとだな」俺はそう同意しながら、東京に戻ってから茉由とどう距離を取るべきか、考える。

店から出ると、出入り口に、鎖に繫《つな》がれた犬がいた。

「あれっ、この店の犬？ 昨日もいたっけ？」

「散歩にでも行ってたのかなー？」

あかりと茉由が、磁力にでも引き寄せられたかのようにその場にしゃがみ込む。「も〜かわいい〜」「昔実家で犬飼ってたんだよね」俺はふたりの小さな背中を見下ろしながら、時刻を確認する。

あと十五分くらいで、船が出る。

「ここだと東京の何十倍も散歩楽しそう」

「確かに。島丸ごとドッグランじゃんね」

でもさ、と、ふたりの声色が少し翳《かげ》る。

「この子、島に友達とかいるのかなあ」

「確かに。ここにひとりきりだと寂しいよね」

潮風が、サンダルを履いた足の甲を撫でていく。

ぼお、と、接岸している船から音が鳴った。

ポケットの中のスマホに手を伸ばした、そのときだった。

「おーい！」いつの間にか発着場のほうに移動していた新吾が、俺たちを手招きしている。

「最後に、ここで四人で写真撮ろうぜ！」

俺はポケットから手を抜くと、「いいねー」とサンダルを鳴らして走り出した。

予約者のいないケーキ

今村昌弘

〈ノトノコ〉は、地図でいうと能登半島《のとはんとう》のいわゆる根っこのあたりに位置する、主要駅から徒歩五分、飲食店や会社事務所など小規模な建物が立ち並ぶ一画にある洋食屋兼パティスリーだ。レンガ風の外壁をまとったビルの一階で、大きめのガラス窓からアンティーク調のテーブルセットを中心とした落ち着いた雰囲気の店内を覗《のぞ》くことができる。

私、行野桃子《ゆくのももこ》がここでアルバイトを始めたのは大学一年生の時。動機は単純で、名前に桃が入っているので、採用されやすいのではないかと考えたからだった。そんなしょうもないきっかけにもかかわらず、〈ノトノコ〉がとても居心地のいい職場だということもありアルバイト歴は四年目に突入し、仕事を教えてくれた先輩が独立やら就職やらで店を去った今では古参の立場になっている。

「雨、止《や》まないねー」

ケーキを購入した客を外まで見送ってきた二年目のアルバイト、日葵《ひまり》ちゃんが気だるげに呟《つぶや》く。このあたりでは二月はまだ雪が降ることが多いのだけれど、今日は少し気温が高いこともあり、午前中はしとしとという感じだった雨は止むどころか勢いを増し、窓ガラスを叩《たた》く音がホールに響きわたっている。

「ブーツでくればよかった。靴下まで濡《ぬ》れちゃうよ」

「家、駅から遠いの？」

日葵ちゃんはしょげた顔で頷《うなず》き、「雪じゃないだけ電車が止まらないからましか」とぼやいた。

〈ノトノコ〉は店内で洋食だけでなく、ケーキやちょっとした洋菓子を注文したり、持ち帰ることもできる。地元の固定客をはじめネットでの口コミがいいこともあってか、休日には予約なしで入ることが難しいほど繁盛するのだが、今日は平日の上、朝から天候が崩れていることもあり客足はまばらである。もしこのまま客足が鈍ければ、早上がりできるよう洋子《ひろこ》さんに頼んでみよう、と考える。

私はショーケースの中で所在なげなアソートケーキに目をくれた。ケーキをはじめとする洋菓子は店長夫妻の妻、洋子さんが作っているこの店でも特に人気の商品だ。あいにく今日は天気が崩れ気味であることを見越して、用意された数は少ない。寡黙で滅多に厨房《ちゅうぼう》から出てこない夫の誠司《せいじ》さんと比べ、ホール業務や会計まで取り仕切る洋子さんはこういうところもきっちりしている。

「か、かーでぃなるしゅにってん、しゃるろっと、どぼしゅとるた」

私の背後からぶつぶつとつぶやき声が漏れてきた。カウンターの中でかがみ込む、小柄な人物の仕業だ。不気味だが黒魔術を唱えているのではない。洋菓子の正式名称である。

「修一《しゅういち》君、今すぐ覚えなくても大丈夫だよ」

私は二日前から入った新人アルバイトに言う。

商品名はテーブル席のメニュー表だけでなく、持ち帰りの注文でも店員側から分かるよう、カウンターの内側にも表示がある。

しかし修一君は思い詰めた表情で首を振った。

「いえ、洋子さんの想いがこめられた洋菓子なので、ちゃんと、じ、自分の知識でお客様にご説明したいんです！」

「熱心だなあ、修一は。どうせお客さんだってアレとかコレとか注文するのに」

日葵ちゃんがカウンター越しに覗きこむと、修一君は顔を赤くして手の中のメモ帳に視線を落とす。

修一君は高校二年生の男子だ。私とほとんど変わらない小柄な身長、どんぐりのような髪型、丸眼鏡。絵に描いたような真面目で大人しい子だが、本人は人見知りの性格を矯正したくて、接客業のアルバイトに応募したのだという。それでいて応募先が居酒屋やファミレスではなく洋食店というのがおかしなところだが、洋子さんの話では、普段は人事に口を挟まない誠司さんがその心意気にいたく感心して採用したのだとか。

そんなわけで、修一君が一通りの仕事を覚えるまではアルバイト三人体制での勤務が続く。

当たり前の話だけど新人は一人分の戦力に満たないどころか、指導の手間を考慮するとそれぞれにかかる負担は普段よりも増す。一日も早く彼を独り立ちさせるのは、私の重要なミッションだ。

「とはいえ……、これだけ暇だと接客で教えられることも少ないね」

「売れ残りはスタッフの持ち帰りになるから、今のうちジャンケンでもする？」

「……日葵ちゃん」

腕まくりする日葵ちゃんに、もうちょっと先輩らしい振る舞いはできないものかとため息をつく。

その時、電話が鳴った。反射的に私が出ようとして、修一君の指導を思い出す。

目をやると、修一君が緊張の面持ちで頷き、会計台の横にある電話機に手を伸ばした。

「はい、〈ノトノコ〉でございます。……は、ありがとうございます。……は、は」

ぎこちないやりとりは、見ているだけでドキドキする。いっそ彼の手から受話器をもぎ取ってしまいたい衝動を堪えつつ様子を見守っていると、

ぴかっ

窓の外が光った。とほぼ同時にいくつかのことが起きる。

巨大なものが弾《はじ》けるような音が轟《とどろ》き、室内が真っ暗になると同時にショーケースのモーター

が気の抜けた音を出して止まる。そして厨房からはいくつかの食器が床を転がる音、「ひゃあぁ」という情けない叫び声が聞こえてきた。洋子さんだ。

「なに、なに？」

暗闇の中、すぐそばで日葵ちゃんの焦った声が聞こえた。きっと落雷で停電したのだ。

「も、もしもし！　もしもーし」

修一君は緊張と驚きとで混乱し、とうに切れたであろう受話器に向かって喋《しゃべ》っている。ここは先輩である私がまとめないと。ホールにお客様がいなかったのは不幸中の幸いだ。私は会計台の下に備え付けていた懐中電灯を探し出し、言った。

「私はブレーカーを入れに行ってみる。たぶん更衣室にあったはずだから。二人はここで待ってて」

二人の「はい」という返事を残し、懐中電灯を頼りに更衣室に向かう。飲食店にとって、停電は大問題だ。食品は基本的に冷蔵、冷凍保存で、常温ではすぐに傷んでしまう。明日の予約がすでに何件か入っているのに。

ブレーカーは思った通り、更衣ロッカーの上にあった。私は椅子の上に立ち、下りているレバーを順に押し上げる。うまく店内の電気がつき、日葵ちゃんの歓声が聞こえてきた。幸い、落雷による停電は軽いものだったらしい。

ところが洋子さんたちの様子を見に行こうとした矢先、「どうしたんですか！」という日葵ちゃんの切羽詰まった声が厨房から聞こえてきた。

何事かと思って駆けつけると、なんと厨房の床に洋子さんが倒れている。

「停電に驚いて落とした麺棒を踏んづけて、転倒したんだ」

横たわる洋子さんを支えながら、夫の誠司さんが言った。洋子さんの意識はあるようだけど、痛みに顔をしかめながら腰のあたりに手を添えている。

「お医者さんに診てもらおう」

「そんな、大げさだよ」

洋子さんは断るが、苦痛の色を隠せていない。頭を打っているかもしれないからと皆で説得し、救急車ではなく誠司さんが車で病院に連れて行くことになった。

今日はもう店を閉めることになり、「明日のことはまた連絡するから」と残して誠司さんは車を出した。それを店頭で見送り、私と日葵ちゃんは安堵《あんど》の息をついた。

「洋子さん、大丈夫だよね」

「でも立つのもしんどそうだったからなあ。明日は厨房に立てないかも」

となるとスイーツはどうするのだろう。誠司さんも作り方を知っているとはいえ本職のパティシエではないし、一人で他の料理と並行するのは大変だ。

そう思いながら店内に戻ると、

「あ、あのう」

修一君が、青い顔で話しかけてきた。

「実はお二人が外している間、さっき停電で通話が中断したお客様から、再度連絡がありまして」

それがどうした、と先を促す私たちに、修一君はごくりと唾を飲みこむ。

「その、明日の十八時からご予約をとっている方で、サプライズのバースデーケーキを追加してほしいとのことだったんですが、ぼ、僕、停電とか洋子さんの怪我《けが》で頭がいっぱいで、お客様の名前をメモし忘れちゃって」

「深刻そうにするから何かと思ったら、そんなこと」日葵ちゃんが苦笑しつつ、安心させるように手をひらひら振る。「予約の日時が分かってるなら、どのお客様かすぐ判明するでしょ。ケーキ一つの追加くらいなら誠司さんが作ってくれるだろうし」

「……待って」

嫌な予感がした。私はカウンターに入り、会計台横にある予約管理ノートをめくる。明日、二月二十三日の午後六時。

「……まずい。同じ十八時から、三組も予約が入ってる。どのお客様にお出しすればいいのか分からない」

事態の深刻さが分かり、二人も黙り込む。

もっとも、予約ノートにはお客様の連絡用の電話番号を書いてある。私はさっきかけてきた電話番号を表示させ、照らし合わせようとしたけれど、予約時に聞き取ったのはいずれも携帯電話の番号で、さっきかかってきたのは固定電話。これじゃ特定できない。

こちらから電話をかけ直したいところだが、あちらの要望はサプライズのケーキだ。もしかけてきた人と違う相手が出たら、サプライズがおじゃんになる恐れがある。

「最初の予約の電話を受けたスタッフなら、どのお客様がお誕生日で来られるか知っているんじゃ」

日葵ちゃんの期待に、私は力なく首を振った。

「三件とも、予約の電話を受けたのは洋子さんになってる」

「……今はそれどころじゃない、よね」

さすがに今、洋子さんを煩わせたくはない。

修一君は哀れにも、石像のように固まってしまっている。私はこの店でバイトを始めた日々のことを思い出した。かつての先輩たちも、さんざん私の失敗をフォローしてくれた。ここで助けにならず、何が先輩か。

「修一君、さっきの電話で聞いたことをできるだけ正確に教えて」

彼は「だいぶあやふやなんですが」と前置きして語り始めた。

「声の主は女性でした。まず、『明日の十八時から予約している○○なんですが』と名乗られた、と思います。続けて『食事後にサプライズのバースデーケーキを用意したい』とおっしゃいました」

「何歳くらいの声だった？」

「それはなんとも……おばあさんではなかったですけど」

仕方ない。私は先を促す。

「僕はまずアソートケーキなのか、ホールケーキなのかを訊《たず》ねたんです。すると先方は『フルーツ生クリームケーキの四号で』とおっしゃいました」

四号とは、直径十二センチ程度で、二、三人で食べるのがちょうどよいサイズだ。この店は二～四人連れの客層がメインなので、妥当だろう。

「バースデーケーキとのことだったので、続けて上の板チョコに書くメッセージはどうするかを聞きました。そしたら、『十六回目のお誕生日おめでとう』にしてほしいと承りました」

やっと重要な情報がきた。十六歳ということは多分高校生だ。日葵ちゃんが明るい声を出した。

「なんだ。じゃあ高校生のお客さんに出せばいいんじゃない」

「でも、高校生が二組いたら困るよ」

「その時は、こっそり確認するしか」

「サプライズの相手がそばにいるのに？」

せっかく秘密で用意したものを、店側がバラすなんて最悪だ。

でも、今のところ手がかりは性別と年齢だけ。同じような年頃のお客様が来ないよう、祈るしかない。

私たちは、なんとも不安な気分のまま閉め作業に戻る。ちょうど店を出るタイミングで誠司さんから電話がかかってきた。

洋子さんは重傷ではないものの腰の打ち身で痛みがひどく、一週間は安静にするということだった。


翌日、私たちは奇妙な緊張とともに夕方を迎えた。修一君なんて今日のシフトに入っていないのに、責任を感じたのか十八時少し前に店に姿を見せた。

誠司さんは厨房を一人で回さなくてはならない中、予約が三件も入っていると知っても弱音一つ漏らさず「桃子ちゃん、ホールは任せた」と言ってくれた。なんとかその期待に応えられますように。

そして十八時の五分前。

「来た」

会計台に立つ日葵ちゃんが、張りつめた小声で言った。入り口を向くと、ドアをまさに開けようとしているお客様の姿がガラス越しに見えた。

コートを手に、カジュアルだけど小綺麗《こぎれい》な服装の三十代と思《おぼ》しき男女。そしてその後ろからジャケット姿の高年の男性が一人、しっかりとした足取りで入店してくる。

「予約した伊藤《いとう》です」

女性の名乗りを受け、日葵ちゃんがにこやかに窓際のテーブル席に案内する。

制服に着替え、私の後ろに控えていた修一君はお客様の挙動に目を光らせる。

「あの女性、日葵さんに思わせぶりなウインクをしませんでしたか」

私は気づかなかった。意識のしすぎではないだろうか。そもそも、三人はいずれも十六歳には見えない。

三人は席に着くとディナーメニューを開き、これがいい、これも美味《おい》しそうだと会話を弾ませている。

そうこうしているうちに十八時になり、次の予約客が入店してきた。今度は母子《おやこ》連れの二人である。

「井森《いもり》です」

そう言った母親は四十がらみと見え、息子の方は修一君よりもかなり若い。たぶん中学生、あるいは大人びた小学生くらいの年頃だ。

「あのお母さんの声、電話で聞いたのに似ている気がします……」

修一君がまたそんなことを言い出すので、私は呆《あき》れた。

「あの子も絶対に十六歳じゃないでしょ。それとも修一君、チョコレートに書く年齢を聞き間違えたの？」

「いえいえ！　間違いないですよ。メモにも〝16〟って書いてますし」

その調子でお客様の名前もメモしておいてほしかった。

ともかく、この母子もディナーで来店したようで、二人ともメニュー表を見ずに私を呼んでハンバーグセットを注文した。

残る予約はあと一組。

そのお客様は、十八時を五分ほど過ぎた頃にやってきた。その姿を見た途端、修一君は声を弾ませた。

「あれ、女子校の制服ですよね」

彼の言うとおり、賑《にぎ》やかにお喋《しゃべ》りしながら入店してきたのは、地元女子校の制服に身を包んだ女子たちだった。今日は祝日なのに、部活帰りだろうか。

「すみませーん、予約してた井上《いのうえ》です」

年の頃は十六歳くらいだと考えて不自然はない。きっと彼女たちの一人が、友人のためにサプライズケーキの予約をしたのだ。

修一君も同じ考えらしく、ほっとした顔をしている。

ところが日葵ちゃんの方に目を移した私は、彼女が呆然《ぼうぜん》とした表情を浮かべていることに気がついた。

どうしたのだろうとその視線を追い——、

「桃子さん？　どうしました？」と修一君。

「——四人連れだ、あの子たち」

修一君は四角いテーブルの両側に二人ずつ座った彼女たちを見やり、「それが？」と言いたげに首を傾《かし》げる。

「君が注文を受けたのは、四号のケーキでしょ。あれは四人で分けるには、小さすぎる」

それで修一君もやっと、起きていることを理解した。

「この中にサプライズケーキを予約したお客様はいない、ってことですか」


その後は客足が途切れ、厨房は誠司さん一人でもちゃんと回っている。

三組のお客様は、今のところどなたも楽しげに会話を交わしながら食事を進めている。けれどそれを眺める私の心は、嵐を受ける森の木々のようにざわめき続けていた。

実のところ、さっきまではケーキの予約が三組の中の誰からであろうと、さほど大きなトラブルにはならないと考えていた。こちらから気を利かせることはできないが、サプライズのタイミングになればお客様の方からスタッフに声がかかるだろうから、取り返しの付かないことにはならない、と。

しかし今や状況は変わった。十六歳というメッセージ、かつ四号のケーキという二つの条件に当てはまる組がいない以上、修一君が電話口でお客様の要望を聞き間違えた可能性がある。

　私たちはホールの仕事をこなしながら、ケーキの出番が来るまでになんとか解決策を見いだそうとひそひそ声で意見を交わした。

「修一君、ケーキのサイズを聞き間違えたってことはない？」

「絶対ないと思います。ホールケーキのサイズは四以上しかありません。五や六と聞き間違えるのは、考えにくいでしょう？」

「じゃあ、向こうが四号の大きさを勘違いした可能性はどうかな。もっと大きなものだと思って注文したなら、女子高生四人で食べるつもりだった説明になる」

　そんな私の推理に日葵ちゃんが、「それはないんじゃない？」と女子高生たちのテーブルを指さす。

　彼女たちが注文したのは洋食のメニューではなく、アソートケーキを二種類選んでお得な値段で食べられるケーキセットだったのだ。主に昼間に人気のメニューだけど、彼女たちは学校帰りに食べに来たようだ。

「二つもアソートケーキを食べて、さらにホールケーキを食べるのは、いくら若いといってもないんじゃないかな。サプライズとしても弱いと思う」

　その意見はもっともだ。ではサプライズケーキは他のお客様の希望だと考えるべきだろうか。

けれど、さっき修一君は年齢は聞き間違えていないと言った。なら十六歳の誕生日を迎える人物は、まだこの場に来ていないと考えるのはどうだろう。

「例えばあの母子連れに、今からもう一人兄か姉が加わるとしたら。三人で、ケーキのサイズもちょうどいい感じになる」

今度は修一君が難しい顔をした。

「遅れてくるのはありえるとしても、主役をさしおいて先に食事を始めますかね？」

これまた正論だ。

すると日葵ちゃんが何かに気づいたらしく、私たちを店の隅に引っ張った。なにごとかと思っていると、さらに声を潜ませて言う。

「不謹慎な考えかもしれないけど……、ケーキを食べる主役が〝ここには来られない〟っていうことはないですかね」

ここには来られない……？

「もう亡くなってるってこと。三人連れの方のお子さんか、母子連れのご兄弟か、とにかく〝今も生きていたら十六歳になる〟方のお祝いをするのなら、姿が見つからないのも納得でしょ」

私たちは顔を見合わせた。まさか、そんな。それも一つの思いやりの形かもしれないけれど……。

私はおそるおそる言う。

「その場合、サプライズの意味があるかな……」

「確かに」

重い空気にしかけたくせに、日葵ちゃんはあっさり意見を取り下げた。

とうとう行き詰まった私たちが頭を抱えていると、

「なあ」

いつの間にか厨房から出てきていた誠司さんが、後ろに立っていた。叫び声は堪えたものの、驚きのあまり私たちの顔からは血の気が引いた。

「驚かせるつもりはなかったんだが」と誠司さんは頭をかき、私たちの肩越しにホールを覗きこむ。「そろそろケーキのタイミングかと思ってな」

こうなっては、隠していても意味がない。三人で頷き合うと、私が代表して口を開いた。

「実は、ケーキを予約してくださった方が……」

修一君の覚えている内容、三組のお客様の様子、そして私たちの推理にじっと耳を傾けていた誠司さんは、説明が終わると「ふむ」と顎に手を当てた。

「それならたぶん、問題ないな」

「え？」

誠司さんは笑みを浮かべ、一つのテーブルに視線を送った。

「注文したのはあちらの方だろう。せっかくだからコーヒーをお付けしよう。ちょうどいいのがある」

最後のお客様を送り、一日の営業を終えた私たちは誰からともなく、厨房で後片付けをしている誠司さんの元へと足を向けた。

謎は解けたけれど、皆誠司さんの口から解説を聞きたかったのだ。

「難しいことじゃないよ。修一君はちゃんと正しい説明をしていたからね」

誠司さんは洗った皿の水気を拭き取りながら言う。

「大事なのは、板チョコに書くメッセージが『十六歳のお誕生日おめでとう』ではなく、『十六回目のお誕生日おめでとう』だったことだ。この表現をわざわざ指定したということは、お客様には明確な意図があるはず。そして今年は二〇二四年で、今は二月末。だったら答えは一つ」

誕生日が二月二十九日——うるう日であること。それが十六回目ということは、本人の年齢は四倍、六十四歳になる。

誕生日をお祝いされたのは、最初にやって来た伊藤さんの高年のお父さんで、中年の男女は彼の子どもだそうだ。

六十四歳ではなく十六回目の誕生日、と表現したのは、予約した娘さんの茶目っ気だったのだろう。

「でも、僕が間違った内容で覚えていたとは思わなかったんですか。お客様の名前も聞き漏らしていたのに」

「思わない。君は失敗したことを誤魔化《ごまか》さないし、反省や改善がちゃんとできるから」

誠司さんは滅多にホールの様子を見る機会がないはずなのに、その口調は自信にあふれていた。洋子さんは当然のように気配りができる人だけれど、夫である誠司さんも人をよく見ているということか。

「あのお客様、誠司さんが出したコーヒーもとても喜んでいましたね。高級なものだったんですか？」

日葵ちゃんが訊ねると、誠司さんは「いやいや」と笑った。

「ローマ産のコーヒーなんだ。六十四歳ということは、一九六〇年生まれ。ローマオリンピックが開かれた年だ。それだけのことだけど、自分が生まれた時代に思いを馳《は》せるにはちょうどいいかと思って」

そう言う誠司さんの笑顔は、サプライズを企画した伊藤さんの子供さんたちがお父さんに見せたものとよく似ていた。

それで、いつだったか雑談の流れで洋子さんに夫婦の馴《な》れそめを訊ねたことを思い出す。

『あの人、口下手だけど人を喜ばせるのが本当に好きだし、思いやりの表し方がうまいのよ。

この人となら、自分だけじゃなくたくさんの人を幸せにできるから、一緒にお店をやりたいと思った』

あの時の洋子さん、珍しく照れていた。

いつか、私も……。

「私も、これから目指そうかな」

隣で日葵ちゃんが真剣な顔で呟くので、思わず聞き返す。

「料理人？　それともパティシエ？」

「いや、探偵」

そっちか、と私たちは吹き出す。洋子さんが戻ってきたら、今日のことを話してあげよう。

修一君が「あっ」と窓の外に目をやった。

外灯の光の中を、ひらひらと落ちてくるものがある。昨日は重たげだった雨が、今夜は軽やかな雪となって舞っていた。

溶姫の赤門

蝉谷めぐ実

真白の絹は、はたはたと必ず三重《みえ》に。折り畳んだそれを目の前の黒漆《くろうるし》塗《ぬ》り梨子地《なしじ》の桶《おけ》にはらりと被《かぶ》せてから、蓋を開ける手つきは嫋《たお》やかに。

「御貝桶一対」

朗々と告げてすぐさま、こちらに目線を寄越すので、溶《よう》は仕方なく身を乗り出して、女中の差し出している桶の中身を覗《のぞ》いてやった。すると、つるりと磨かれた蛤《はまぐり》が桶一杯に敷き詰められている。その中の一つを手に取って左右に割り開けば、現れた女雛《めびな》の大和《やまと》絵は金泥《こんでい》塗りで美しい。

「紀伊《きい》中納言《ちゅうなごん》殿。代金六百弐両余」

手元の書面を読み上げる女中の言葉に何も返さず、溶は桶の中に蛤を戻した。

貝合わせは蛤の貝殻を全て裏返しにして並べ、対になるものを選んでいく手遊びだ。蛤という貝はその性質上、元の組み合わせ以外、左右がぴたりと嵌《は》まらない。

そのぴたりが良いのだという。まさに夫婦和合《ふうふわごう》の御象徴。婚礼調度の品にふさわしい。

だが、溶は目の前にある金箔《きんぱく》散らしの貝桶から目を逸《そ》らす。

もしも蛤に口があったなら、と溶は童《わらし》のようなことを考える。もしも蛤に口があったなら、今にぱかりと開いて叫び出すに違いない。

あなたがわたくしたちの持ち主ですって？　ご冗談！

わたくしたちのようなぴたりの見込みもないくせに！

「御歯黒台一式《おはぐろだいいっしき》」

淡々と続く女中の声で我に返った。高座《こうざ》の上で姿勢を正し、貝桶の隣に置かれている黒塗りの箱に目を移す。溶は今年十五になった。まだ使ったことはないけれど、箱の上に載せられているこの小さな茶碗《ちゃわん》やら盥《たらい》やらは、歯を黒くする道具であることを知っている。そうして、それが輿入《こしい》れした妻女の証《あかし》であることも。

溶の歯は人より少し並びが悪い。毎夜、寝る前、大きすぎる前歯を指で押さえるのを日課にもしていた。だが、全部が黒塗りになってしまえば、歯並びの悪さを誰かに気付かれることはないのだろうか。……気づいてくれる人はいるのだろうか。

「高田《たかだ》式部大輔殿、代金百両余」

またぞろ朗々と声が響いて、溶は女中の手つきを見やる。やはり律儀にはたはたはたと絹は三重。折り方も先と寸分狂いなく、真正面に紋様が来るように。

別にそうまで三つ葉葵《あおい》を見せつけてくれずともいいのに、と溶は思う。溶のいるこの部屋中、いや、この城中に三つ葉葵は散っているし、溶はそれを身に纏《まと》うことを許されている人間なのだから。紋様を頭に思い浮かべたせいか、何やら葵の蔓《かずら》が体に絡まっている心地がして、

ぶるりと体を震わせた。すると、

「溶姫様」と声がかかった。

「……なあに」

　静かに返せば、目の前の女中は溶の顔を覗き込むようにして高座に身を寄せてくる。

「ご体調でも悪くていらっしゃるのですか」

　気遣わしげなその声に、ふっと笑みが口端《くちは》からこぼれる。

「それは佐和《さわ》の方でしょう。そんなにお声をからして」

　言いつつも、そうも喉がかれるのは仕方がないことだとは分かっていた。

　此度《こたび》の輿入れで持ち込む道具は千二百六十四点。着物を入れる長持《ながもち》だけで二百はあるのだ。

さすがに溶がすべてを確かめることはないけれど、大名から贈られたものなり、溶自身が日々の生活で使うものなりは、こうして女中、佐和を介して検《あらた》め、もう一刻は経《た》っている。

「私の喉なぞ明日の朝には治ります。ですが、姫君様のお体にもしものことがありましたら」

「いいえ、大丈夫です。続けましょう」

　言い切った溶の言葉に、佐和の頰があからさまに緩むのも、まあ、こちらも仕方がないと言っていい。持込道具には溶が使う品のほか、溶付きの女中らが平生《へいぜい》に使う品々も含まれている。己たちが使うことになる品の具合を確かめておきたいというのが、本の音のところであろう。

溶の輿入れ品はそのほとんどが、大名、幕府役人、大奥からの献上品である。一品ごとにその品目にくわえ、献上者の名前、代金が読み上げられるのは代々伝えられてきた慣《なら》いの通り。そうまで定式やら作法やらが多いのは、これが江戸幕府、徳川《とくがわ》将軍家の娘の輿入れであるがゆえ。

十一代将軍、徳川家斉《いえなり》の二十一人目になる娘、溶は来月、十二代加賀《かが》藩主、前田斉泰《まえだなりやす》に嫁ぐ。

「御双六盤《すごろく》一台」

変わらず差し込まれる声に、漏れそうになるため息を奥歯で擦り潰してから目をやった。が、女中が引き寄せた品を見て、思わず目玉がぐるりと動く。

輿入れ品の作製は大名らにとって面倒事であろうが一方、己の名前を将軍に覚えてもらえる絶好の機会でもある。皆こぞって、江戸で名の知れた塗師《ぬし》や蒔絵師《まきえ》に依頼する。そういった職人らにとっても、またとない腕の見せどころなわけで、掟《おきて》通りに三つ葉葵に加賀梅鉢紋と両家の家紋を散らしてはいるが、高価なべろ藍《あい》を筆でひたひた、双六盤の横板に描かれている吉《きっ》兆《ちょう》鶴亀《つるかめ》の絵は、今にも板目から這い出《はだ》してきそうなほどだ。

「近江《おうみ》中納言殿からのものでございますが」と添えながら、佐和は笑みを口元に浮かべる。

「こちらは、金泥塗が至極美しい逸品でございましょう」

佐和は溶の幼い頃からの世話役だ。溶の興味を惹《ひ》く術《すべ》は当然の如《ごと》く知っていて、溶の目玉の

動き方だって熟知している。だが、

「姫君様もお気に召されたようで良うございました」

だが、それはこちらだって同じこと。

溶はちらと佐和の顔をうかがい見る。その吊《つ》り上がった右目がぴかりと輝いておらぬから、この双六盤には額面ほどの値打ちはないのだろう。

佐和は高直《こうじき》なものに目がない。溶の世話係を務め始めてからというもの、己の天秤《てんびん》の右には必ず小判を載せるようになった。そんな、この世の物差しが全て銭金になるような大奥で育った姫君は、金を湯水のように使い込むに違いないと、藩は将軍家との婚姻を避ける。勿論《もちろん》、加賀藩も例に漏れずであったが、それが佐和は気に入らない。

「素晴らしい品々ばかりでございますねえ。これらを一目見た加賀藩の方々の驚く顔が見てみとうございます」と呟《つぶや》く佐和の口端が意地悪く上がっている。

「佐和」

咎《とが》めたつもりであったが、佐和はいいえ、と強く首を横に振る。

「姫君様とのありがたい縁談を渋るくらいの貧乏藩に、言葉を選んでやる必要がございましょうか」

来月に控えた溶の輿入れに、ともについてくることを申しつけられた女中らは五十人。その女らが皆、金糸《きんし》縫いの帯下に抱え込んでいる不満に溶は気付いている。

「ご不安になられる必要などないのです」

佐和は優しく溶の手の甲に触れる。佐和の爪の間に入り込んでいる綺羅《きら》が輝く。

「あちらの家に移ろうとも、姫君様は堂々となされておれば良いんです」

そうかしら。

言葉とともに向けられたその顔、その右目から逃れるようにして、溶は顔を逸らす。

その目がもしあたしを映したのなら、あなたの目はぴかりとしないのではないかしら。

溶は前歯できゅうと唇を噛《か》む。御賄所《おまかないじょ》で炊き出されてから味見毒味を入念に行い、芯もとろけたやわやわの飯だけを入れてきた唇は、己の歯ですぐに傷ついてしまう。

この縁談は望まれたものではない。

四年前、いきなり江戸城に呼び出され、将軍様直々に自身の娘との縁組を打診された加賀藩主、前田斉泰はそりゃもう、とんでもない顔をしていたと聞いている。

斉泰にはすでに婚約者がいたのだが、その秋田《あきた》藩主の娘が流行り病《はやりやまい》でころりと亡くなり、その訃報が届けられた次の日には加賀藩へ溶との縁談が持ちかけられたというのだから、そんな顔にもなろう。加賀藩が斉泰の幼い頃から大名家との婚約をたち消えては結び、たち消えては結びを続けていたのも、将軍家からの縁談持ち込みを避けようとしていたからだと聞いては、同情もしたくなる。

なにせ将軍家との縁談は金子《きんす》がかかる。

将軍姫君が輿入れする際には、それまでの住まいである江戸城から、輿入れ先が江戸内に構えている藩邸に引き移る。そこでの暮らしの掛かりの一部は将軍家から支給されるのが定法《じょうほう》。加賀藩は年間金三千両と米五百俵を受け取る取り決めとなった。が、溶姫の女中、家来ひっくるめての掛かりがそれだけで賄えるとは思えない。

「姫君様の御住居《おすまい》はどうにか作事《さくじ》を間に合わせたようではございますが、中身はどうなっているのやら。不便がございましたら、なんでもこの佐和にお申し付けくださいましね」

佐和の言葉にはこれまでにない力が籠ってはいるが、そいつはちょいと難しい。

尋常《じんじょう》、縁談が成立した際、その見返りとして藩から将軍家へと交渉が持ちかけられる。ほとんどの場合、家格の上進がその内容だが、加賀藩が寄越してきた墨の濃い書面の内容は、領民の負担軽減に繋《つな》がる江戸参勤交代の回数減らし。五年、あるいは三年おきにして欲しいことを申し伝えてきた。しかしながら、他の藩との兼ね合いでその申し出が通ることはなく、ならば、己らはどうしてこの縁談を受けねばならなかったのだ。輿入れ先の藩邸で、出会う加賀藩の人間すべての頰が膨らんでいようとも、溶には文句が言えぬ。その頰を無視してそのお人の肩を叩《たた》いて、ちょっと不便がございまして、なんぞ言えるわけがない。

「それでは次の品ですが」

双六盤の横板に佐和の手が添えられ、思わずあっ、と声が出た。溶はまだ見ていたい。その鶴の羽先の筆遣いを、もっとじっくり間近で見てみたい。

「どうかされましたか」

迷ったが「……いえ」と答えて、溶は口をゆっくりと閉じる。

代わりに、またしても貝桶の中から声がする。

見たとて、どうなる。見て筆遣いを会得したとて、どうなる。あなたの絵筆の腕が上がったとて、一体どうなると言うんです。

溶の父親である徳川家斉は、二十二人の妻妾《さいしょう》を持ち、五十五人の子を産ませた。男子は養子に、女子は嫁がせてと外に出した子らは溶で二十二人目。すでに加賀藩には、溶の前に徳川家の四人の姫が輿入れをしている。此度の輿入れだって、溶でなくとも誰が行ってもよかったのだ。

そんな己の立場など、家斉に五度ほど姉と名前を呼び間違えられたときから知っていた。ならば、姉妹らと区別ができる、己だけの何かを身につけねばならぬ。そうして溶は、稽古に一心、力を注ぐことにした。

絵画稽古である。

将軍家の子女たちは幼き頃より絵画指南を受けるのが慣い。それも父親直々、家斉が子女らの手を取り、筆を運ぶこととなっているのだ。溶は家斉のささくれの一つもないその大きな右手が好きだった。大きな右手が溶の右手に重なる時間が恋しかった。溶は暇があれば、すぐさま筆をとった。御絵師をほうぼう探し出して指南を受けた。

だけれども。溶はゆっくり目線を上げる。双六盤にはすでに白絹が被せられていた。

あなたの絵筆の腕が上がったとて、一体どうなると言うんです。

溶はきゅうと蛤のごとく閉じた唇に力を込めて、献上品がすべて読み上げられるまで口を開くことはなかった。


十一月二十七日の引移り婚礼式当日を、溶は一睡もせずに迎えることになった。

溶を待ち受けている式典では、杯の持ち方やら、足の運び方やらと作法が盆に盛られた干菓子の如くにたんとあって、それらが記された手控えを文机《ふづくえ》に並べて頭から何度もなぞっているうちにいつの間にか、夜が明けていた。

しかし一睡もできずにいたのは溶だけではないようで、まだ日が出ぬ刻限から廊下を行き来する城の者たちの目元は黒ずんでいる。だが、溶姫を出迎えるため登城した富山藩主が、そんな城の者らを見ても何も言わぬであったのは、それが見慣れた景色であったからかもしれない。幕府御用の化粧師《けわいし》だって、溶の顔を前にしても眉をちょいとも上げもせず、白粉《おしろい》を厚めに塗りたくってくれた。紅にしたって今日は幾重にも塗り重ねられていて、蓬莱《ほうらい》模様を施した白絵の輿に乗り込みほうと一息をつくのにも、唇の窄《すぼ》め方に気をつけねばならぬ。溶は手鏡を取り出しながら、駕籠《かご》での引移りでよかったと心底思った。もしも徒歩《かち》であってみろ、ここ江戸城を出て本郷にある加賀藩邸に着くまで白粉が保《も》つとは思えない。

件《くだん》の貝桶を掲げた御貝桶渡役を先頭に、徳川家家老に重臣、加賀藩、諸藩の者が連なり、溶の乗る駕籠の後ろには溶付きの女中らの乗った駕籠が続く。周りを警固する御徒衆《おかちしゅう》とあわせれば千人にもなる婚礼行列だ。そりゃあ歩みも遅くなる。

藩邸での色直しを思い浮かべ、も一つため息を吐き出してから、はて、と溶は小首を傾《かし》げた。先ほど江戸城で駕籠に乗り込んでいた女中たち。あれらの顔には随分と綺羅がつけられてはいなかったか。あのような顔で式典に出ることなぞ許されない。溶と同じく藩邸についてすぐ化粧師に泣きつく羽目になろう。ただでさえ忙しいというのに、そのようなことをする理由とは。御簾《みす》の間につい っと指を入れ、その隙間から後ろの駕籠をうかがい見れば、ああ、なるほど。答えは目の前に用意されている。

「御藩のお侍様、本日はどうぞよろしゅうお願いいたします」

覗き窓の御簾を捲《まく》り上《あ》げ、中にいる二人の女中が駕籠周りの警固にあたる御徒衆に挨拶をしている。口元を扇子で隠しているからこそ、目元の綺羅は紋白蝶《もんしろちょう》の鱗粉《りんぷん》ほどであっても、目を引いた。喉仏を動かした加賀藩の御徒を見つめる女中の目の白いところが鈍く光って、溶は御簾に差し込んだ指を引っ込めたが、もう遅い。いくら目蓋を強く閉じようとも、女中らが駕籠の中で交わす囁《ささや》き声が寝所に入り込んだ蚊の羽音の如く、溶の耳の中へと入り込んでくる。

婚礼行列の進む足音に紛れる程度には小さく、だが駕籠の周りの加賀藩の御徒衆の耳たぶに触れる程度には大きく。

「こちらを歩いてらっしゃるのは留守居役、あちらを歩いてらっしゃるのは大番頭」

「お二方とも至極素晴らしい装いでいらっしゃること」

「それに引き換え、加賀藩の装いはご覧にならしゃった?」

「ええ。下襟からほつれ糸が一本ひょろりと」

「このような日に仕立てが不十分な着物を着付けてこられるほどですもの。わたくしたちの俸《ほう》禄《ろく》をきちんと払っていただけるのか、今から不安でございますねえ」

たしかに将軍家が連れてきた男性役人の俸禄は将軍家と藩の双方が負担するが、女中の俸禄は藩が負担することとなっている。己の給料のことなのだ。ついついお口が出てしまうのは致し方ないが、どうにも言葉のお尻に嫌らしい笑い声が貼り付いている。間違いない。この女中らはこそこそ話《ばなし》を装って、嫌味を加賀藩のお人らに聞かせることで加賀藩を貶《おとし》めている。もしやあの目元の綺羅綺羅も、己の権高を見せつけるためのものであるのではないかしら。

「なんでも姫君様の御住居は町人らに立ち退きをさせ、本郷の町屋を取り潰してつくられたものだとか」

「四百人が暮らせる広さはまあ、まずまずといったところでございましょう」

「その四百人、嘘《うそ》ではありますまいね。張りぼてとの噂《うわさ》も耳に」

「ああ、駕籠の方。行き先は間違えなさいますな。姫君様が通られるのは御住居の御門の方でございますよ。決して上屋敷《かみやしき》の門は通られぬよう」

いきなり話しかけられたらしい駕籠を担ぐ役人は、はあ、と困ったような声を返すが、女中は気にすることなく続ける。

「あれは格式の低い門。通った際に木屑《きくず》が落ちてきてはかないませんから」

御住居のある敷地《しきち》内には元々藩主らの住まう藩邸があり、その上屋敷にも大きな門が備え付けられているのだが、溶らはその大御門《おおみかど》を使わない。そして藩主も、己の領地の中だというのに、溶らの住む御住居の御門を使ってはならぬのだ。そうまで虚仮《こけ》にされても、藩は御住居御門を豪奢《ごうしゃ》に仕立ててくれたという。門は総朱塗《そうしゅぬ》り、瓦もわざわざ三河《みかわ》から運んできたものを使っていると聞いている。

溶は駕籠の中で、首《こうべ》を垂れる。

溶はその赤門を通りたくない。その赤門を一体どのような顔をして通れば良いのかがわからない。

「お聞きになりました？　加賀藩の御住居の作事にかかった費《つい》えは、金五万四千六百両余りになったとか」

「ほかにも婚礼式に使う品々は、加賀藩の拵《こしら》えでございますよ。御住居にそれほど金子を掛けてしまわれたんですもの、きちんと細工がなされているのか、御住居に着きましたらすぐ確かめなければいけませんね」

なされているに決まっている。

首を垂れたまま、溶は奥歯をぎりりと噛み締める。

婚礼式の品々は実際の品を陳列し、見分を受けた上で使用するのが慣例であるが、加賀藩は「御下《おし》モ」と称される見本の品を拵えて、それらを見分させてから本物に取り掛かるとの念の入れ様《よう》。そうまで力を入れてくれている加賀藩に対する女中らの無礼な物言いは腹立たしく、だが同時に溶は己で己が情けない。

なぜって女中らの悪口は、溶のために言ってくれているのかもしれなかった。

溶はこれから加賀藩に囲まれ暮らすことになる。そんな溶が加賀藩の者らに決して侮られぬように、そのために女中らはこうして釘《くぎ》を刺してくれているのでは。そう考えるのは、ただの身内贔屓《びいき》なのかもしれぬ。

だが、もしも、と溶は考えずにはいられない。

もしも、溶がもっと堂々とできておれば、女中らはこのような悪口を口にする必要はなかったのかもしれない。

もしも、加賀藩に輿入れするのが溶でなければ、溶が将軍家斉の子でなければ、溶が生まれてこなければ――、

そのとき溶はふと、女中らの話し声が聞こえてこないことに気がついた。

一瞬のうちに背中に汗が吹き出す。まさか女中らの物言いがもう勘弁ならぬと加賀藩の御徒に引きずり出されたのではあるまいか。慌てて御簾を捲り上げ、体ごとぐいと身を乗り出し後

ろをうかがえば、同じく御簾から半身を出しているお顔が二つ、呆《ほう》けたように何かを見上げている。その視線を追いかけて体をぐるり、振り仰げば、

御住居御門が目の前に聳《そび》え立っている。

駕籠が今まさに潜《くぐ》らんとするところに立っているそれは、大きく、そして赤い。

何百年も前からその地に根を下ろしていた大樹の如くの様相でいながら、塗られた赤はまるで柿の薄皮を一枚剝《む》いたかのように艶《なま》めいている。

その赤色が溶の目に焼き付いて離れない。

婚礼式を進めている間中、溶の目蓋の裏にはずっと赤色があった。

婚礼式を終えて数日が経っても、目蓋をぱちりぱちりとやるたびに赤色が閃《ひらめ》いて、そのまま目蓋の裏に居座り続けるものだから、溶はたまらず御住居御門の前へとやって来た。

ときは暮れ六つ。落ちる日が辺りを真っ赤に染め上げている。にもかかわらず、やっぱりこうも御門の赤に、目が吸い寄せられてしまうのは何故《なぜ》だろうか。溶は御住居の軒下に一人佇《たたず》み、御門を眺める。

門自体には、なんらおかしなところはない。形式は、四本の本柱とその内側にある二本の控え柱の計六本で屋根を支える三間薬医門《さんけんやくいもん》。本を開いて伏せたような切妻《きりづま》屋根もその上に敷かれている本瓦葺《ほんかわらぶき》も慣いの通りだ。色だって、これまで輿入れしてきた姫たちの御守殿《ごしゅでん》御門は同

じように朱塗りにされてきたし、格の高い寺門だと赤色が普通だ。

だから、こうして溶が御門を目の前にして分かるのは、金子が掛けられているということぐらい。だが、金子が掛かったものなぞ溶は城の中でいくらでも見てきた。そんな溶の足を縫い止める、金子だけではないなにかがこの赤門には秘められているはずだ。

ふうむ、と腕を組みつつ御門を眺めながら、溶はちょっとばかし足を開いちゃったりもする。姫君様の振る舞いではないが、今はいい。御門脇の番所の役人には、女中だと偽っている。己は徳川家側の人間だと伝えておけば、こうして薄い硝子《ガラス》の器に触れるが如くの扱いになって、近寄っては来ないもの。と、番所へちらと目をやり、溶はその目を丸くする。そこにはいつの間に現れたのやら男が一人立っていて、溶と同じく門を仰ぎ見ている。

お城で雑巾に使われている薄さの着物を身に纏い、顔は立て花で切り落とした根ほどに汚れているが、門を見つめる目だけが爛々《らんらん》と輝いている。

「何をなさっておいでです?」と声をかけることができたのは、女中に扮《ふん》した着物が軽く、つられて口も軽くなっていたからだ。

「なにか御門にご用でも」

すると、男はちょいとこちらに目をやってから、皺《しわ》に囲まれた口をゆっくり開く。

「昨日の夜半のことだがね。寝床に潜り込んで目を閉じた瞬間に、びゅんと言葉が頭を過ぎるのよ。あれ、俺ぁ、あの御門の端のところに五度目の刷毛《はけ》をかけたっけ。いっぺん考えちまったら最後、どうにもたまらなくなっちまって、急ぎかけつけてきたというわけさ。だが、杞憂《きゆう》だったようだぜ。どうでえ、娘さん。立派なもんじゃねえか」

御住居御門の設計を任されたのは加賀藩の作事方で、それに江戸詰め役人の年寄があれこれ意見を寄せる形で決定がなされたと聞いている。ならば、この男は加賀藩で雇われた職人か。問う前に、男は自ら答えを口にする。

「俺は塗師さ。輪島から連れてこられたのよ」

「わざわざ輪島から？　一体何のためでございます」

「漆さ」

言って、男は得意気に鼻の下を擦る。

「この門に輪島の弁柄《ベンガラ》漆を使いたいとの藩からのお達しでな」

うるし、と溶が舌の上で言葉を転がし終えぬうちから、こいつが奇妙な塗料でね、と語り始める男の口振《くちぶ》りは意気揚々。孫次郎《まごじろう》との自身の名乗りはまるで添えもの。

「塗料ってのはそのほとんどが乾いた空気の中で乾かすものなんだがな、この漆ってのは湿った空気の中で乾かさなきゃならねえ。おまけに輪島塗りでの漆塗りになると、ほんのわずかな塵芥《ちりあくた》が入り込んじまえばおじゃんってんで、作業場は土蔵で窓なし、こいつが老体にはこたえるのなんの」

なんて言う割には、男の頬の血色はいい。今は師走。明日には雪が降るや否やで毎日賭事がされているほどの寒さであるというのに、この男、孫次郎は着物一枚。だが、震えの一つもきちゃいないのは、塗師を長年続けている証《あか》し立てであろう。

輪島の漆には二つの特徴があってな、と続けながら、立てた二本のお指も寒さに負けず、真《ま》っ直《す》ぐぴん、だ。

「一つは輪島で産する地の粉を使う。輪島小峰山で採れる珪藻土《けいそうど》は純度が高いうえに軽くてな、これを臼《うす》でついて餅状にしたものを松薪で焼くのよ。焼き上がりを砕いた黒色の粉、こいつが地の粉ってわけだ。この粉を漆に混ぜて塗るのさ」

捲《まく》し立てられているはずなのに、孫次郎の声は耳触りがいい。少々しゃがれてはいるけれど、潮の引いた磯場に波が寄せては返しているような聞き心地だ。

「もう一つは米糊《こめのり》を使うところだな。米糊は数日間水につけておいた古米を、臼で引き潰した汁から拵える。この時の水は寒中の川の水が良いんだが、町野川《まちのがわ》の水はとっときだぜ。この川の水は曾々木《そそぎ》の海岸を通って海に合流するときも潮水と喧嘩《けんか》しねえお水でな。海岸沿いにびっしり並んだ千枚田《せんまいだ》の眺めも楽しんできた大らかさも持ち合わせておいでさ」

言葉は気安いが、孫次郎の目の奥に、溶は輪島の景色を見る。

「静けさを心得ていて、練り入れるときにも我《が》は出さねえが、癖はある。江戸のお人じゃ、ちいと手に余る。そんでもって漆塗りに使う刷毛も輪島特有のもんでな。ヒカワってんだが、アテの木の皮の内側を除いて、その端を叩いて刷毛にしたものだ。こいつを使うには骨《こつ》があって、それでまあ、俺が連れてこられたというわけよ」

本の音のところで言えば、地の粉やら米糊やらと言葉を並べられても溶には想像がつかぬ。わかるのは、御住居御門の作事に加賀藩がとんでもない労力をかけてくれたということ。

「どうしてそんなにも時間と手間をかけるのです」

溶が御門を眺めたままぽつりと溢《こぼ》すと、

「塗りにはこだわりたいと藩主様がおっしゃったのさ」

孫次郎は溶の言葉を羽二重餅で包《くる》むようにして返してくる。

「そうも御門の塗りにこだわって何になると言うんです？　すでに加賀藩には徳川家から四人の姫が輿入れしております。今更、公儀に媚《こび》を売る必要などないでしょう」

「溶姫様のためさ」

「え」

溶が体ごと孫次郎へ向き直ると、孫次郎は溶に聞こえなかったと勘違《かんたが》えをしたのか、ゆっくりと口を動かす。

「御住居に迎えるお姫さんは絵を描くのが好きでいらっしゃるんだとよ」

溶が目をぱちくりとさせると、孫次郎は仕方がねえなとばかりに、お次は言葉をたくさん添えてくれる。

「ここだけのお話だがね、そのお姫さんったら、絵相手じゃ目がぎりりと吊り上がるほどの入れ込み様らしくってよ。絵の先生に対しても、己に遠慮することなく何度も添削せよ、絵の脇に修正するところを描き示せってな具合に厳しく仰《おっしゃ》られるそうだ。そうまで絵がお好きなんだ。そのお姫さんがお使いになる御門の色と塗りにゃあ、こだわりたいじゃねえか」

たしかに溶は絵相手にぎりぎりとなっていた。だが、男は大奥に入ってはいけない決まりであるので、絵画稽古はご公儀の抱え御絵師に幾度も書面を送ってのやり取りに限られた。溶の絵画への入れ込み様を、大奥の外にいる人間はそう簡単には知ることができぬ。ならば、まさか本当に藩主は、――溶の夫は溶のために溶の好みのものを調べてくださったのか。

でも、と溶はぐっと唇を噛み締める。

婚礼式までに描いた絵画は世話になった幕府老中らに贈った。溶の絵筆の腕を、徳川家は己らの地盤を固めるものに使った。婚礼式を終えた今も、溶はあくまで徳川家に属すのが定法だ。なのに、どうしてそうまで溶に気を配る？

「……朱塗りはお金が掛かるのではないですか」

そうなんだよ、と孫次郎は禿《は》げかかった頭をぽりぽりと掻《か》く。

「実は両番所は外側だけが朱塗りでね、内側はそのままほっぽってんだ。でも御門は総朱塗りだ。間違いねえ」

「どうしてそうも」

「だってさ、お姫さんには輪島の漆を使った弁柄漆を見てもらいてえじゃねえか。加賀を好きになってもらいてえじゃねえか」

孫次郎はにっかりと歯を見せて笑う。

「藩主様もそう思われてんじゃねえかなあ」

笑い皺に、夕焼けの日の光が入り込んでいるのが見える。

加賀藩藩主、斉泰は家斉の息女の一人でしかない溶の好きなものを知ろうとしてくれていた。己の妻女の好きなものを知ろうとしてくれた。家斉の息女の一人としての扱いではなく、溶自身を知ろうとしてくれていた。

それが溶は泣きたくなるぐらいうれしい。

溶は顔をあげて、御門を見上げる。

「よき門でございますね」

赤門の漆が照り返す日の光に腹を押されるようにして、喉から声がずんと出る。

「そうであろう、そうであろう」と何度も首を縦に振る孫次郎と並び立って御門を眺める。

「加賀はよいところであるからな」

「ええ。行ってみたいものでございます」

そして、溶はその地に心を置いた人間になりたい。徳川家の者でなく、加賀藩の者でありたいと思うのだ。

「何度見ても、よき色でございますね」

視界がどれだけ滲《にじ》んでも、御門の赤だけははっきりと見えている。

「この赤は永遠に続いてゆくのでございましょう」

赤門は建て直すことが許されていない。だが、この門だけは永遠に壊れることなく続いていくという確信がなぜか溶にはあった。

「何十年、何百年と続いていきましょう。どれだけ雨風にさらされようとも、地割れが起きようとも、波に攫《さら》われようともあの門を見て、皆、加賀を思い出すことになりましょう」

溶は嫁いだ後も、絵画の習いを続けた。姑《しゅうとめ》である真龍院《しんりゅういん》の古希《こき》祝いにも溶の描いた絵が贈られたという。それは、斉泰たっての頼みで描かれたものであった。

現在、御守殿御門は加賀藩内に建てられた溶姫のものが東京大学の敷地に唯一残っており、重要文化財に指定されている。

天使の足跡

荒木あかね

冷凍庫に詰め込まれたアイスのラインナップを見て、風船の空気が抜けるように口の端から笑いが漏れた。パピコの「大人の華やか苺《いちご》味」にサクレのスイカ味、ハーゲンダッツの抹茶&ブラウニー。プロモーション期間が過ぎればすぐに店頭から消えてしまいそうな新フレーバーの商品や、数量限定で販売される季節商品ばかりだ。全部、新しいもの好きの来海《くるみ》が選んだものだった。

「どうしてくぅちゃんは期間限定のアイスばかり買うの?」と尋ねたことがある。私は来海とは違って定番の味を好む。だって、期間限定のものを気に入ってしまったら、販売が終わったときに損した気分になる。来海は「お母さんって食に対して保守的だよね」と笑っていた。

アイスの山に埋もれていた冷凍ブロッコリーを取り出し、流し台へと向かう。瞬間、ここ最近ずっと頭の片隅に居座り続けていたひとつの問いに対する答えが、ぱっと浮かんだ。——私は、私よりも長生きする話し相手がほしかっただけかもしれない。

「あのー、ちょっとお時間よろしいですか?」

声がした方を振り返れば、キッチンの入口に来海が立っている。寝ぐせのついた柔らかい猫っ毛が、クーラーの風でさらさら揺れていた。

「つかぬことをお伺いしますが」

来海はときどきこんなふうに、わざと畏《かしこ》まった口調で話しかけてくる。

「何?」

「お母さん、あたしが寝てる間にさぁ、あたしのおでこの上に何か物を置いたりした?」

「は?」

来海の顔をまじまじと見つめた。額の真ん中あたりの皮膚に二ヵ所、へこんでいるところがある。長径が二センチにも満たない横長の楕円《だえん》形が二つ、ほとんど間隔を空けずに並んでいて、くっきりと痕《あと》になっていた。

朝起きたら枕やシーツの跡が肌に残っていた、なんてことはよくある。でも、この奇妙な痕は何だろう。

「どうしたの、それ」

「あたしもわかんない。朝起きたらこうなってたんだよね」

「おでこってことは、うつ伏せで寝てた? 布団で押さえつけられちゃったのかな」

「いや、朝起きたときは仰向けだったよ。これ、何の痕なんだろう」

顎に手を当て、まるで難題を突きつけられた探偵のように考え込んでいる。来海は妙に理屈っぽいというか、どうでもいいことでも真剣に考察したがる節があった。ならば私も真面目に返さなくてはならないだろう。

「おでこめがけてスマホでも落っことしたんじゃない？　くぅちゃん、寝る前にスマホ触ってるでしょ」

「昨日の夜は寝落ちる前にちゃんと机の上に置いたもん。それに、スマホの角をおでこにぶつけたって二ヵ所もへこまないよ。これ、二つ出っ張りがある何かをおでこの上に長いこと置いた痕のように見えるんだけど」

「だからって、『あたしのおでこの上に何か置いた？』ってどんな質問よ。お母さんそんな変なことしないよ」

「ありえないとは思いつつ、一応訊《き》いてみました」

「何それ」

　言いながら、リビングのテレビ台の上のフィギュアに目をやる。来海が「どうぶつサウナ」というシリーズのガチャガチャを回したときに出てきた、高さ三、四センチほどのペンギンの人形だ。二足歩行の動物らしく自立していて、ちょうど足の裏の部分が二つの出っ張りになっている。たとえばあれが昨夜、来海のおでこに載っていたとしたら。

　娘の額の上にそっとペンギンを置く自分の姿を想像して、つい笑ってしまう。来海もつられて吹き出した。そしてこの話題には飽きたとばかりに、からっとした声で「まあいいや」と言う。

「てか、今何時？」

「十一時」

「え、まじ？　じゃあ映画は？」

「もうとっくに。お昼の回も、今からじゃ間に合わないね」

「ごめん。でも、夜六時の回もあったよね？」

「夕方はメルとお父さんのお迎えするんでしょ？」

「そうだった。ごめんね、明日香《あすか》ちゃん」

「明日香ちゃんじゃなくて、お母さんでしょ」

昨夜、「明日朝一で映画を観に行こう」という話になった。八月頭に封切りされたディズニーの最新作を来海もそれなりに楽しみにしていたはずだが、ほぼ口約束だった。「まあ早起きできたら行ってもいいよね」くらいの。

ようやくのお盆休みだ。母親との外出よりも、惰眠を貪るのを優先したくなったのだろうが、来海は「たった今寝過ごしたことに気づいた」かのような表情を自然に作ってみせた。

幼い頃の来海はありのまま、素の姿を私に曝《さら》け出《だ》してくれていたけれど、小学校高学年あたりから私の前で芝居をしたり、気を遣って他人行儀な態度を取ったりするようになった。いい傾向だと思う。

「顔洗ってきなさい。ご飯は？」

「食べる！」

独特のサイドステップを踏みながら、洗面所へと向かう来海。その後ろ姿を横目に、こっそり溜息《ためいき》を吐《つ》いた。やっぱり私は映画行きたかったな、来海と。

来海は明日も明後日《あさって》も、クラスの友人と遊びに行く。しあさっての十六日からは、塾の夏期講習が再開するのでまた忙しくなるし、その次の日は私も仕事に出なければならない。親子二人で過ごせるのは今日だけだった。

いくら仲のいい母娘《おやこ》であったとしても私たちは別々の人間なのだから、いつまでも植物の根のように絡まり合っているわけにはいかない。ほぐして切り離して、親子として適切な距離を保てるようにならなければ。でも、心の中で寂しがることくらい許してほしい。

看護師として私大の附属病院で働く私は、今年もお盆期間に夏季休暇をもらっていた。同じ科に所属するスタッフの数には限りがあるので、それぞれタイミングをずらして休みを取得するのだが、八月中旬の長期休暇は、初盆《にいぼん》だとか三回忌だとか、盆の法要が控えている者に優先して割り当てられている。五年前に夫を亡くしてからというもの、私はお盆ど真ん中に夏休みをもらうようになった。今年は法要などは特にないので八月でなくてもいいのだが、たぶん気を遣われているのだろう。

まあ、メルの初盆だしちょうどいいか。

暢気《のんき》な鼻歌と、歯を磨く音が洗面所から聞こえてきた。気を取り直して、来海の朝食兼昼食を用意する。といっても、昨夜のカレーの残りを温めるだけだけど。

メルが死んで、我が家のカレーは少しだけ美味《おい》しくなった。ほとんどのペットにとってネギ科の野菜は毒なので、彼がいたときは玉ねぎをキッチンに持ち込むことさえできなかったのだが、最近は気を遣わずじゃんじゃん使えるようになった。やっぱり、玉ねぎがあるのとないのじゃ全然違う。

メルというのは、うちで飼っていたミニブタの名前である。去年の秋に死んだ。

きっかけは、優紀《ゆき》ちゃん――夫の妹がミニブタを飼い始めたことだった。どうして犬猫じゃなくブタなのか、尋ねられる度に彼女は無邪気な笑みを浮かべ「最初はビールを飲みに行ったつもりだったんですけどね」と語った。

『少し前、お付き合いしてる人と石川県に旅行に行ったんです。一日目は和倉温泉に泊まって。二日目はレンタカーで奥能登《おくのと》まで行って、能登内浦《うちうら》の高台にあるビール醸成所に』

へぇ、ビール。好きだったんだ。

『お酒に目がないんですよ。で、ビアレストランの隣には大きな公園があるんですけど、そこに牧場というか、小さな動物園みたいなのが併設されていて。ふらっと立ち寄ったら黒毛のミニブタがいたんです』

ふーん。

『一目見た瞬間、二人して「ミニブタだ！」って叫んじゃって。同棲《どうせい》するときはペット可の物件で犬か鳥を飼いたいねって話してたんですけど、これはもうミニブタをお迎えするしかないじゃないですか。旅行から帰ったその日のうちにブリーダーを探し始めて、メルと出会いました』

幼い頃から動物と触れ合うのが大好きだった来海は、事あるごとに優紀ちゃんとその恋人が住む部屋へ遊びに行き、そのミニブタを撫《な》で回《まわ》した。私はブタにも義妹にも興味はなかったから、メルのもとに来海を連れて行くのはいつも夫の役目だった。

メルを飼い始めて少し経《た》った頃、優紀ちゃんは職場の配置換えで人間関係に悩むようになり、心療内科ではうつ病との診断が下された。ミニブタは毎日の運動を必要とする生き物だが、外を出歩けなくなった優紀ちゃんはメルを朝夕の散歩に連れて行くことが難しくなった。一緒に遊ぶ時間を作ってあげることもできない。

『メルの健康を第一に考えると、私はもうメルを手放した方がいいんです』

優紀ちゃんが引き取り手を探し始めて、そして来海が手を挙げた。

ただの飼育放棄じゃないか。どうして我が家が優紀ちゃんの尻拭いをしなくちゃならない。

そう思って私は反対したが、夫は来海の肩を持った。

『来海にとって、メルは一過性のブームなんかじゃないんだよ。信じてやってほしい』

当時夫は脱サラしたばかりで、フリーランスとして翻訳会社に登録し、実務翻訳の仕事を受注し始めたところだった。在宅ワークの彼がいれば、飼った後にメルがほったらかしにされるという最悪の事態は避けられる。「ちゃんとお世話する」、「メルもくぅちゃんのことが大好きなの」などと来海に泣きつかれ、とうとうメルをうちに迎えることになった。九年前——来海が七歳、メルは三歳だった。

つぶらな瞳。濡《ぬ》れた鼻。メルは黒毛で、お腹の部分だけ白い毛に覆われていて、「ミニ」とは名ばかりの丸々太ったブタだった。

ミニブタというのは「家畜のブタと比較すると小さいブタ」という意味であって、サイズについて厳密な規定はない。体重二百キロほどまで成長する家畜ブタに対して、ミニブタはざっくり百キロ以下、という認識らしい。メルはポットベリーという種類のミニブタで、その平均体重は五十キロと言われている。生まれたての赤ちゃんの頃は本当にぬいぐるみのように小さくてふわふわなのだが、三年もすれば迫力のあるサイズ感になる。そして三歳のメルは既に体長一メートルを超え、「一番可愛《かわい》い」時期をとうに過ぎていた。

まさか優紀ちゃんは、想像以上に肥え膨れたミニブタを持て余して捨てたんじゃなかろうか。一瞬そんな疑念が頭を過ったが、メルと過ごすうちに考えは変わっていった。メルは人間に抱っこされるのが大好きだった。名前を呼べば、鼻水を垂らしながら駆け寄ってくる。愛されて育ったブタだった。来海は自分よりも重いメルを抱き締めながら「可愛い、可愛い」と言い、私も来海につられて時折「可愛い」と言った。

庭に面した一室がメルとの共用部屋だった。掃き出し窓からウッドテラスへと自由に出入りできるようになっているため、天気のいい昼間、来海とメルはテラスに寝そべり、よく日向《ひなた》ぼっこしていた。

畳むように前脚を折り、来海にぴったりと体を寄せて眠るメル。「もっとくっつきたい」とでも言うように、メルが来海の脇腹に頭をぐいぐい押し込んでくるものだから、来海は腕の置き場に困って、片方の手を顔にかざすような姿勢を取っていた。そのうち来海も眠りに落ちる。一人と一匹、よく鼾《いびき》をかいていた。

電子レンジで温め直したご飯にルーをかけて盛りつけたとき、ペタペタと裸足《はだし》の足音が近づいてきた。

「カレーだぁ」

来海の額についていた奇妙な痕は、もうすっかり消えている。肌にハリがある証拠だ。来海が手を合わせて食べ始めたので、私もテーブルについた。

「やっぱ美味しいよね」

「玉ねぎ?」

「玉ねぎもだけど、このニセお肉」

来海のリクエストで、肉の代わりに大豆ミートを入れた。来海はいつからか豚肉を食べなくなった。卵や乳製品はたまに食べているが、最近は牛肉や鶏肉《とりにく》もほとんど口にしない。

口をもぐもぐさせながら席を立つと、来海は冷蔵庫から二リットルペットボトルを抜き取り、残り少なくなっていたお茶をそのまま飲み干した。また背が伸びたようだ。

中学時代、来海は週三のソフトテニス同好会でゆるく楽しく運動していたのに、何を思ったのか高校では強豪のハンドボール部に入った。まだ四ヵ月しか経っていないが、みるみる身体《からだ》が引き締まって縦に伸びている。

「昨日の夜ね」

また椅子に座って、カレーを頬張りながら話しかけてくる。

「夏休みの課題、ずっと後回しにしてたやつにそろぼち手つけないとやばいかなって思って。生物のプリントやろうとしたんだけど、鞄《かばん》の中になくて超焦った」

「え、なくしたの？」

「部活バッグの中にあった。しわくちゃになってたけど」

「ファイルに入れときなさいよ」

「後でちゃんとファイルに入れようって思ってても、一回別の動作挟んだら忘れちゃうんだもん。もう諦めてる。血筋だから。お父さんに似ちゃったからどうしようもないの」

作り置きにしようと思っていたブロッコリーのソテーにも箸を伸ばす。

「お父さんさぁ、あたしが小三のとき家庭訪問のプリントなくしちゃったよね。お母さんがめちゃくちゃキレて。あれ、結局どこから出てきたんだっけ？」

「お父さんの車の中」

「そうそう。で、プリント頭の上に掲げながら『明日香ちゃーん、あったよぉ』って、半泣きで家の中に入ってきたもんね」

　来海が生まれてから、夫は私のことを「お母さん」とか「ママ」とか呼ぶようにしていたが、ときどき「明日香ちゃん」という二人の時の呼び方をしてくることがあった。来海がふざけて私の下の名前を呼ぶのは、夫の真似《まね》なのだ。

　メルの朝の散歩は来海と私が、夕方の散歩は夫が担当していた。メルはいつも散歩を心待ちにしていて、朝夕の決まった時間になると、催促するように低い声で鳴いた。

　犬用のリードをつけてはいたが、犬とミニブタとでは散歩のやり方が変わってくる。引っ張られるのが苦手なメルと歩くためには、私たちが後ろをついていくようにしなければならなかった。足取りが重くなったときは餌をやりながら歩く。おやつが欲しいあまり、来海の進行方向を塞ぐようにうろちょろすることもあった。

　五年前の春のこと。小学五年生だった来海がピアノ教室から帰宅したら、「早く外に連れて行け」とせがむように、メルがぶぅぶぅ鳴いていた。いつもなら、とっくに夫が散歩を済ませているはずの時間なのに。

　来海が発見したとき、夫はリビングのソファで横になっていたという。息をしていなかった。

　夫はすぐに私の勤める大学病院へと運ばれた。勤務中に突然呼び出されたときは、氷水のように冷たい汗が背中を伝った。今でもあの嫌な感触を鮮明に覚えている。担当医が言うことには、夫は昼寝をしている間にくも膜下出血を起こし、そのままぽっくり死んでしまったらしい。

裏切られたと思った。住宅ローンを折半し、子どもを産み育て、それなりに長い時間連れ添う予定だったのに。一方的に約束を反故《ほご》にされたような気分だった。

「お父さん、今年はメルと一緒に帰ってくるよね」

「そうね」

「メル、ちゃんとお父さん連れてきてくれるかな」

「逆じゃない？」

私の目は、スプーンを握る来海の手に吸い寄せられていた。手の甲は少し筋張っていて、関節がしっかりと浮かんでいる。大人の手だ。ついこの前までぽちゃぽちゃのクリームパンみたいだったのに。ふいに喉の奥が熱くなって、涙がこみあげてくる。

「え、何？　お母さんどうしたの？」

「何でもないよ」

鍋と食器を片付けた後、来海はリビングで学校の課題に取り掛かる。私は夕飯の買い物に出かけた。帰ってきたら、来海はプリントをテーブルに出しっぱなしにしたままスマホをいじっていて、「終わったの？」と尋ねれば、「今日はもうおしまい」と不機嫌そうな声が返ってきた。

「くぅちゃん暇なら、一緒にあれ作る?」

エコバッグからナスを取り出してみせる。

「あー、あれね」

食材としてではなく、精霊馬《しょうりょううま》を作るために買ったものだ。例年は迎え盆の前日から飾っていたけれど、今年の夏は暑すぎるから、当日に用意しないと野菜がぐずぐずに溶けてしまう。

「お庭からきゅうり穫ってきて」

六月に種を蒔《ま》いた家庭菜園のきゅうりが、ちょうど収穫の時期を迎えていた。少し曲がって不格好。でも太さは一定で傷もなく、つやつや光っている。

メルはよく食べるミニブタだった。料理の音や、餌を皿に移す音が聞こえてくると、勢いよく飛び起きて駆け寄ってくる。この庭の家庭菜園も、メルにたくさん野菜を食べさせるためのものだったが、しかし齢《よわい》を重ねるにつれてメルの食欲は落ち着いていった。十歳を超えると好物のきゅうりにもがっつかなくなってだんだんと痩せていき、散歩にも行きたがらなくなった。

夕立がきたので、来海はきゃあきゃあ悲鳴をあげながらきゅうりを回収し、私は慌てて洗濯物を取り込んだ。

流し台に二人並んで作業を進める。来海はきゅうりの馬、私はナスの牛。割り箸の真ん中に切り込みを入れ、力を込めて半分に折った。足の長さのバランスを考えながら、短くなった割り箸をナスのお腹に突き刺していく。

ミニブタの平均寿命は十五年ほどと言われる。十一歳で死んだメルは、少し早死にだったかもしれない。

ブタは繊細な生き物だ。自然環境では群れを作って生活するため、長時間孤独な状態に置いてしまうと負担を与えることになる。夫がいたときは家族で入れ替わり立ち替わりメルの傍《そば》にいてやることができたが、彼がいなくなってからはそう上手くはいかなかった。私は一馬力で働かなければならなかったし、来海も日中は学校に通わなければならない。メルには寂しい思いをさせた。そのストレスで早世したのかもしれないと思うと胸が痛む。

来海はできあがった精霊馬を手に、怪しげなサイドステップを踏みながら仏間へと向かった。二人暮らしには広すぎる家だ。バカらしくてまた溜息を吐きたくなる。

仏壇の写真立てには、メルに抱きつく夫の写真が入っている。去年までは夫のピンショットだったのだが、「どうせなら一緒に写ってる方がいいよね」という話になって入れ替えた。

そして写真立ての前には、きらきら光る小石のようなものがちょこんと鎮座していた。メルの骨だ。

動物病院が紹介してくれた火葬場でメルの遺骨を割りほぐしながら骨壺《こつつぼ》に入れているとき、突然「骨が欲しい！」と叫んだ来海は、火葬場のスタッフに頼んで脚の骨をひとかけら貰《もら》ったのだ。遺骨は市内のペット霊園に納骨したが、その小さな骨だけは持って帰ってきた。

来海は骨をベビーピンクのマニキュアでコーティングして、その上からまた水色のマニキュアを使って水玉模様を描いた。ファンシーな置き物みたいな見た目をしているが、骨は骨だ。割り箸を突き刺しただけのきゅうりとナスを盆棚に並べる。来海はどこからかミニカーを取り出してきて、精霊馬の隣に並べた。

「またガチャガチャ？」

「こないだ見つけたから回してきた」

「なぜミニカー？」

「予備の移動手段。今年はメルがいるから、きゅうりとナスの精霊馬なんかじゃ駄目だよ。絶対齧《かじ》られちゃう。お父さんの『待て』、メルは絶対聞かないもんね」

来海はピンクの骨に向かって笑いかける。

「メル、寄り道しないでよ。お父さん困っちゃうからね」

来海はいつもこうだ。まるでメルと夫が隣で聞いているかのように、柔らかい声で思い出話をする。私は置いて行かれないように、必死で笑顔を作る。

私の夫は、この子の父親は、私たちが語るたびに色濃く脚色され、美化されていって、生前よりも好人物になってはいないだろうか。メルの毛は、どれほどの硬さだっただろう。

頭の片隅でずっと考えていた。私はどうしてこの子を産んだのだろう、と。私はどうして子どもが欲しいと思ったのだろう。

夫に尋ねれば、明確な答えが返ってきたはずだ。だって子どもって可愛いじゃん、とか。『明日香ちゃんとの子どもなら、世界一可愛いよ』

彼には年の離れた妹と弟がいて、共働きの両親に代わって甲斐甲斐《かいがい》しく世話をしてやっていたという。子どものいる家が彼の理想だった。

じゃあ私は、なぜ子どもを欲したのか。「自分の遺伝子を残したい」というような、原始的な欲求とは違う。老後の諸々《もろもろ》が心配だったから。夫に反対するほどの理由を持ち合わせていなかったから。世間様に乗り遅れたくなかったから。どれも少しずつ当てはまっているようでいて、本当の意味では違う気がする。

たぶん私は、私よりも長生きする話し相手が欲しかった。不純な動機だろうか。

陽が落ちる頃に、迎え火を焚《た》いた。去年のおがらが残っていたので、玄関先に焙烙《ほうろく》皿を置き、その上で焚《た》き木《ぎ》に火を点《つ》けた。

熱されたアスファルトが雨に打たれた直後の、甘い匂いがする。日が陰っても、何かの前触れみたいに外は暑い。来海と私はパピコを半分こして食べながら迎え火を見守った。定番とは程遠いが、「大人の華やか苺味」のパピコは予想外に好みで、私はこの味が店頭から消える日のことを想《おも》い悲しくなった。

「結構美味しいのね」

「ね、ぜひレギュラー化してほしい」

冗談を言って笑い合って、未来について腹を割って話し合って、時には互いに気を遣い、本心を隠したりする。来海とそういうお喋《しゃべ》りができるようになったのは、つい最近のことだ。宇宙一楽しい話し相手。ようやく出会えたと思ったら、誰よりも愛おしいその子は進学したり就職したりパートナーと出会ったりして、私のもとを離れていく。

娘の成長は嬉《うれ》しい。でも。世の親たちは皆、この虚《むな》しさとともに生きているのだろうか。

「わかった！」唐突に来海が叫んだ。「メルの足跡だったんだ！」

「何が？」

「今朝、あたしのおでこについてた、二つの丸い痕。あれ、メルの蹄《ひづめ》の跡だよ。メルが帰ってきてたんだよ」

親指が退化しているため、ブタの足の指は四本だ。前を向いている真ん中の二本を主蹄《しゅてい》、両脇の二本の蹄は副蹄《ふくてい》という。体を支えるのは主蹄で、副蹄は通常地面に着かず、歩行時には使わない。だからブタの足跡は、二つの楕円が横並びになったような形となる。ちょうど今朝、来海の額に残っていた二つのへこみのような。

お盆に帰ってきたメルの霊体がおでこに足跡をつけた、だなんて。まさか本気で言っているのか。

「でも、メルの蹄はそこまで小さくないでしょ」

「まだ子豚だった頃の足のサイズは、ちょうどあんな感じだったよ。お母さんは知らないでしよ、メルの子豚時代」

冗談を言うときの顔じゃない。来海は真剣に興奮していた。何と声をかければいいのか、私はわからなかった。「そうね、メルが帰ってきたんだね」とでも言ってやればいい？

来海はしばらく私の目をじっと見つめていたが、やがて居心地悪そうに眉を顰《ひそ》めた。

「お母さん、もしかして答え知ってる？」

「うん、まあ」

「先に言ってよ！　何？　何だったの？」

「あれはね、くぅちゃんの骨の跡」

来海はますます怪訝《けげん》な顔をして、「は？」と首を傾《かし》げる。

「指の付け根の関節をＭＰ関節っていうんだけど。人差し指と中指のＭＰ関節がおでこに長い間押し付けられていたせいで、その痕が残っちゃったんじゃないかな」

私は右の手の甲を目の前にかざし、それをそのまま額へと持っていってみせる。

「くぅちゃん昔はよくこんなポーズで——腕を上げて、手の甲をおでこにくっつけるようにして寝てたの」

「昔って？　いつ？」

改めて訊かれると不思議に思った。来海と寝室は別にしている。長らく寝相は見ていない。

私はいつの話をしているのだろう。

「もしかして、あたし、そこで寝るときにこのポーズ取ってた？」

来海が指差したのは、庭のウッドテラスだった。

「うん。くぅちゃん、そこのテラスでよくメルとお昼寝してたでしょ。メルがくぅちゃんの脇腹に頭を押し込んでくるから、手の置き場所に困っておでこの上に載せてたんだろうね」

「それだよ！」

来海はパピコを勢いよく吸い込みながら、目をきらきら輝かせる。

「やっぱりメルが帰ってきてたんだよ」

サウナの熱波のような、湿気と熱を伴った風が吹いて、焙烙皿から立ち上る煙が帯のようにたなびいた。

「くぅちゃんはミニブタ、また飼いたいって思う？」

言った後でしまったと思った。来海は「飼う」という言葉を嫌っていた。「一緒に暮らすって言ってよ、お母さん。だって家族じゃん。

意外にも来海は怒らなかった。

「飼う――、かぁ。最近はね、一周回って飼うって言葉の方が正しい気がしてきたよ」

「なんで？」

「だって、ご飯も掃除も、やってあげないとペットは生きられないじゃん。『これでいい？』って、言葉で確認することもできない。人間じゃないから」

「そうだねぇ。確かにメルはペットだけど、でもお母さんはメルのこと、同居人でもあると思ってたよ」

ミニブタは犬と同じくらい賢い伴侶動物である。社交性もある。汗腺が退化しているため、体臭がほとんどない。綺麗《きれい》好きで鳴き声も小さくて、飼いやすい。――これがミニブタの、ペットとしての評価だ。実際、メルはとても穏やかだった。しかし、ペットとして飼うには少し難しい相手でもあった。

体が大きくなるにつれて力も強くなっていって、いいことばかりではなかった。障子に穴を開けられたり、家財道具を壊されたり、電化製品のコードを嚙《か》みちぎられたこともある。縄張り意識も強くて、家族以外の人間が家にやってくると不機嫌になったり、威嚇したりしていたし。

でも、可愛い。メルは可愛かった。私は一年越しに、同居人の死を悲しんでいた。

「あのー、ひとつご相談があるのですが」

来海がわざとらしく畏まった口調で切り出してくる。

「何?」

「同じクラスの高野《たかの》ちゃんっていう子の親戚がね、保護犬カフェをやってるんだけど。そこに十一歳の、ビーグルの男の子がいるの。――一緒に飼ってくれませんか?」

「なんで?」

意図せぬタイミングで言葉が溢《あふ》れた。問い詰めたかったわけじゃない。でも、なんで。なんで子犬じゃなくて、わざわざ年老いた保護犬を飼いたがるの。

その子は期間限定のアイスだ。二、三ヵ月もすればキャンペーンが終わって、二度と食べられなくなる。下手したら来海が高校生のうちに死んでしまう。

「言いたいことはわかるよ。『すぐ死んじゃう動物を飼っても辛《つら》いだけじゃない？』ってさ。メルのときも、明日香ちゃんは怖い顔して尋ねてきたもんね。『くぅちゃんがお姉さんになる前に、メルとは必ずお別れしなきゃいけないんだよ。それでもいいの？』って」

「お母さんそんなこと言ったっけ？」

「言ったよ。覚えてないの？」

全く覚えていなかった。ただ、考えていることは昔からあまり変わらないらしい。

なんで。なんであなたは、自分よりも確実に早く消えてしまうその命を傍に置こうとするの。

「悲しいよ。あたしだって悲しい。お父さんのときもメルのときも、もう二度とこんな思いはしたくないってくらいしんどかった」

来海は絞り出すように言った。

「でもね、あたしよりずっと早く死んじゃう子でも関わりたいって思う。いいじゃん、好きになっても。あたしはメルの骨まで可愛いって知ってるもん」

娘の成長速度に驚くばかりの日々だ。

夫もメルも、何も告げずに先に行ってしまった。裏切られた。置いて行かれた。取り残された。そうやって私がひとりでぐだぐだと悩んでいる間に、来海はそれを軽やかに飛び越えていく。私はいつも、どうしようもなく泣きたくなる。

「そうねぇ。まあ、考えとくわ」

いいじゃん、好きになっても。いつか無に帰すものを愛してはいけないだなんて、誰が決めたの。

来海と私は親子としての適切な距離を測るため、今まさにお互いを切り離していく段階にある。でもこれは、私も大切に持っていたいと思った。

たとえ隣にいなくても、私は確かにあなたを愛している。すべてが終わって過去になって、ピンクの骨になったとしても。宇宙の藻屑《もくず》と消えてしまったとしても。

それならそれで、別に構わない。

カレーパーティー

麻布競馬場

「このチームが発足して、ようやく1ヵ月が経《た》つね。チームビルディングも兼ねて、何か面白いパーティーでもやろうか。そうだなぁ、カレーパーティーなんてどうだろう？」

10月のある日。ミーティングの終わりに嶋田《しまだ》部長がそう呟《つぶや》いたところ、布川《ぬのかわ》課長はニヤリと笑うと「いいですね！　おい、山村《やまむら》と宮坂《みやさか》。お前らも今年で4年目だろ？　新入社員じゃないんだから、ボケッとしてないで、カレーパーティーの中身を考えろ。本物のクリエイティブディレクターっていうのは、こういう日常のちょっとした出来事にも創造性を発揮するもんだぞッ」と檄《げき》を飛ばす。

カレーパーティー？　そんなの、聞いたこともない。インドカレー屋に集まって、ジョッキいっぱいのラッシーで乾杯するのだろうか？　それとも、誰かの家に集まって、ウーバーでカレーを片っ端から頼むのだろうか？　……カレーとパーティーという言葉がうまく繋《つな》がらないまま、頭の中が取っ散らかってゆく。

いきなりの無茶振りに僕が面食らっている間に、いつも通りの瞬発力を発揮した宮坂が「みんなで実家カレーを作るホームパーティー、なんてのはどうでしょう？」とすぐさま提案すると、嶋田部長は意味深な笑顔を薄《う》っすらと浮かべたまま、「へぇ、その心は？」と興味津々の様子だ。そんな上司たちの反応を確認すると、宮坂はもったいぶったような言い方でその意図を説明した。

「ホームパーティーのホームとは、まさしく家であり家庭……創設されたばかりのチームで、今後僕たちが家族のような強い結束力を生み出してゆくためには、家庭的なカレーを囲むというのが一番でしょう。それぞれの実家にそれぞれのカレーがあるように、僕たちも新しい実家カレーを作ろうというわけです。一人につき一つずつ材料も持ち寄る、闇鍋方式でやるのはどうですか？」

宮坂の堂々たるプレゼンに嶋田部長はご満悦のようで「いいねぇ、うちのマンションのパーティールームで是非やろう。お米と具なしのカレールーは用意しておくから、宮坂の提案のとおり各自で具材を持ち寄ろう」という沙汰が下った。布川課長は布川課長で「よし！　そしたら俺は、最高の豚肉でも用意しておきます。お前ら二人、肉を被《かぶ》せてくるんじゃないぞ」と盛り上がりつつ、どういうわけか相変わらずニヤニヤ笑いながら嶋田部長のほうを見ている。

「さぁて、僕はもう何にするか決めましたよ。今回目指すべきは、きっと古くて新しい実家のカレー。そのための最高のアイデアを思いついたんです！　おい山村、これがアイデアの勝利ってやつだ。いい子ちゃんみたいな仕事してたら、一生こんな面白いアイデアは出せないぞ」

早くも勝者の余裕に満《み》ち溢《あふ》れた笑顔を向けてくる宮坂に対し、僕はただバツが悪そうに黙って俯《うつむ》いていることしかできなかった。

＊＊＊

その日の仕事が19時過ぎに終わると、まだ退勤する様子のない宮坂の目を盗むようにして、僕は新橋《しんばし》駅西口のカレー屋に向かった。全国にチェーン展開しているその店が渋谷《しぶや》や六本木《ろっぽんぎ》、そして新橋にも存在することは知っていたが、これまで一度も入ったことがなかった。カウンター席に座ると、二つ折りになっている大きなメニューを開く。ポークカレー、ビーフカレー、ロースカツカレー、メンチカツカレー、野菜カレー……そのうえ、ソーセージやほうれん草、揚げナスや半熟ゆで卵といったトッピングまで無数に存在する。市場調査のつもりで来店したのだから、適当に注文して食べてしまおうと思っていたのに、僕はメニューを前にしてウンウン悩み始めてしまった。

慶應義塾大学《けいおうぎじゅくだいがく》を卒業し、汐留《しおどめ》にある大手広告代理店に就職してから早3年が経つ。今のところ仕事は順調だ。キャッチコピーやCMの内容を考える、通称クリエイティブ職に希望通り配属されたあと、大きなクライアントを任されたり、いくつか国内の広告賞を獲《と》ったりと、それなりの成果を残すことができた。そうしているうちに、我が社のエースクリエイターと呼ばれる嶋田部長とその腰巾着である布川課長がこの秋から新たに立ち上げた、少数精鋭のクリエイティブチームに声をかけてもらい「クライアントの業界なんかは敢《あ》えて限定しないから、柔軟な発想で全く新しいアイデアをどんどん出してくれ」という曖昧なミッションを与えられるに至った。

そこでチームメイトとなったのが、よりによって同期の宮坂だ。入社してすぐの研修で出された「エナジードリンクのCMを考えろ」というお題に対して「ドリンクを飲んだ森のナマケモノが機敏な動きで街を襲う」という奇抜なアイデアを出し、講師を務めるクリエイティブ職の一番偉い人から「君は10年に一人の天才だ」と絶賛されるなど、100人近くいる同期の中でも頭一つ抜けた存在だった。周囲にそう宣言することはもちろんなかったが、少なくとも僕は、彼のことを一方的にライバル視していた。

「山村が東京本社でのんびり仕事してる間、俺は大阪支社でMVP獲って、そのうえ海外広告賞も獲りました。あいつには絶対に負けませんッ！」

チームの4人で初めて顔合わせをし、そのまま新橋のイタリアンでキックオフパーティーをしていたところ、布川課長にしこたまワインを飲まされた宮坂がそう絶叫した。そのとき初めて、宮坂が僕のことをライバルとして意識していることを知ったし、嶋田部長は僕たちの関係を面白がって「いいねぇ、山村も頑張らなきゃねぇ」と競争を煽《あお》ってくるようになった。

しかし、最近は宮坂の後塵《こうじん》を拝してばかりだ。

「山村ぁ！　だから、誰かの意見じゃなくて、お前の意見を聞いてんだよ！」

今日のミーティングでも、布川課長からそんなことを言われた。中途採用サービスのリブランディング案件だったが、宮坂がいつものようにクライアントが聞いたら卒倒するような新規性あふれるアイデアを次々と披露する一方、僕は「マーケットサウンディングでは……」「営業の感触では……」と、どこかから持ってきた意見ばかり出してしまっていた。

小学校から大学まで終始「いい子ちゃん」で通してきた僕は、みんなが驚くような変わったアイデアを生み出すよりも、「お勉強」によってみんなが納得する答えを持ってくるほうが得意だった。最近は広告効果に関する様々なデータが取れるようになってきたこともあり、合理性にもとづく手堅い施策がクライアントから評価されることが増えてきたが、それでもクリエイティブ業界で目立つのは、そして僕が憧れているのは、むしろ宮坂のような天才型だった。そう認めるのは悔しいけど、なれるものなら彼のようになりたいと、心の底から願っていた。

「お待たせしました。ごろごろ野菜ポークカレーです」

物思いの世界から引き戻すように、注文したカレーが目の前に置かれる。インドカレーや、流行《はや》りのスパイスカレーみたいなものは日々のランチでも食べていたが、特殊な材料や技能がなくとも家ですぐ作れそうなこの手の家庭的なカレーを外でわざわざ食べる気にならなかったし、かといって家でわざわざ作ることもなかった。八王子《はちおうじ》の実家に帰ったところで、アラサー近い息子に対して両親はカレーを腹いっぱい振る舞ってやろうだなんて思わないらしく、もはや実家のカレーは何年も食べていないし、そこに何が入っていたのかも覚えていない。さしずめ、僕がいま頼んだような、肉といくらかの野菜が適当に入ったものが出てきていたのだろう。

「コンセプトだとか、クリエイターとしての軸ってものが一切存在してなくて、そのせいでブレまくってる……山村のいつもの企画と一緒だな」

うまくもまずくもないカレーをスプーンで口に運んでは飲み込んでいると、いきなり声をかけられる。パッと顔を向けると、そこに立っていたのは宮坂だった。唖然《あぜん》とする僕を尻目に、隣の椅子に座った彼はメニューを一瞥《いちべつ》するなり店員さんを呼び付け、自信に満ちた様子で注文を伝える。

「具なしのカレーに、トッピングは納豆。以上で」

耳を疑って、僕はメニューを再び手に取る。トッピング一覧に目をやると、そこには確かに「納豆」という文字が記載されている。しかし、カレーに納豆だなんて！　間違いなく僕は逆立ちしても思いつかない組み合わせだし、おいしい組み合わせとも思えなかった。それを見透かしたように、宮坂は得意げに話し始める。

「カレーの本質は安心だ。まさしく、実家みたいな安心……そこに無難な肉や野菜が入っているだけじゃ退屈すぎるし、かといって実家の冷蔵庫に存在しないものを入れると本質が失われる。そこで納豆なんだよ。タンパク質満載の発酵食品、まさしく旨味《うまみ》の爆弾とも言える納豆は、カレーのスパイス感に負けないどころか、きっと独特のマリアージュを生み出してくれる。それに、嶋田部長は茨城《いばらき》出身だろ？　きっと納豆は、とびっきりの家庭の味に違いない。これぞ、古くて新しい実家のカレーってわけだ。今回のカレー対決、悪いけどまた俺の勝ちだろうなぁ」

ほら食えよと言わんばかりに、宮坂は届いたばかりの皿を僕のほうに押してくる。見れば、納豆が載せられた白いご飯に具なしのカレーソースという、抽象絵画のような潔さだ。スプーンで一口分掬《すく》い、恐る恐る口に放り込んでみる。負けた——そんな確信に僕の心はすぐさま呑《の》まれてしまう。宮坂の言うとおり、大粒の納豆は独特のクセを存分に放ちつつも、炒《いた》めたタマネギの甘さや各種スパイスの香りと不思議な調和を生み出している。そういえば、インドには豆のカレーがあるし、ご飯と納豆は日本の朝食における鉄板の組み合わせなのだから、むしろカレーと納豆は合わない方が不思議なのかもしれない。

それに比べて、僕が頼んだカレーの退屈さはどうだ？　カレーとはこういうものだろう、という常識に何となくもたれかかっているだけで、そこには何の新しさも存在しない。

入社して1、2年目くらいまでは「同期の中で宮坂に勝てるのは山村だけだろう」とか言われていた。事実、競争形式の研修では常に宮坂とトップ争いを繰り広げていたし、我が社の中でも花形とされるクリエイティブ職として小さい賞だって獲った。でも、宮坂はやすやすと僕を超えていった。関西方面出身というわけでもないのに、どういうわけか激務で知られる大阪支社への配属を志願したかと思うと、そこでの仕事で海外の有名な賞を獲り、嶋田部長をはじめとする有名クリエイターから目をかけられる存在になった。

そんな同期と同じ部署で毎日過ごすのだから、僕は余計に委縮してしまい、成果らしい成果を残せないままだ。かといって、ライバルのつもりでいた男の前で今更みっともなく足掻《あが》いたり、ましてや「僕はこれからどうすればいいかな?」とか教えを乞うだなんて恥ずかしい。そんな、馬鹿げた自意識にがんじがらめにされてしまって、僕はうまく動けないままでいるのかもしれない。

もうほとんど冷めてしまい、茶色のソースから力なく顔を出している豚肉や人参《にんじん》を眺めていると、もう一生、宮坂には届かないような気すらした。明らかに気落ちし、黙ってしまった僕の隣で、宮坂は納豆カレーをさっさと掻《か》き込《こ》むと、こう言い残して店を出て行った。

「おい、なに落ち込んじゃってんだよ。お前に負けたくなかったから、それでお前より厳しい環境が必要だと思って、わざわざ大阪支社に行ったんだ。それなのに、本社に戻ってきたら……なに腑抜《ふぬ》けちゃってんだよ。いい子ちゃんにはいい子ちゃんで、何か戦い方みたいなのがあるだろ。考えとけっ」

＊＊＊

その翌週。東京駅から特急ときわで水戸《みと》へ、そこからは鹿島臨海《かしまりんかい》鉄道の大洗《おおあらい》鹿島《かしま》線に乗り換えて、僕は昼下がりの新鉾田《しんほこた》駅に降り立った。2時間と少しの鉄道の旅に出た理由は、もちろんカレーだった。

《え〜？　適当よ、その日スーパーで安いお肉と、あとは野菜も適当に……》

あの日、店を出たあと実家の母に電話をかけて「ねぇ、うちのカレーって何が入ってたっけ」と尋ねてみたものの、役に立つことは何も聞けなかった。でも、これはうちの母だけが適当というわけではなく、おそらくほとんどの家庭において、カレーはそういうものだという話なのかもしれない。カレーは、まさしくプラットフォームだ。定番の肉や野菜はもちろんのこと、納豆のような変わり種すらも寛容に受け止められる度量を持っている。そうなると、母が言っていたように「その日スーパーで安いお肉と、あとは野菜も適当に」という家庭がほとんどなのではないか？

だとすれば、鍵はスーパーにある。過去の社内報を眺めていると、嶋田部長が茨城県のＰＲの仕事を受注したときに「僕は鉾田市で生まれ育ったので」と語っている記事があった。当地は農業が盛んなようだから、もしかするとスーパーには東京ではあまり見かけない野菜が並んでいるかもしれない。

「いい子ちゃんにはいい子ちゃんで、何か戦い方みたいなのがあるだろ」

宮坂の言葉がよみがえる。残念ながら、僕には彼のような爆発的な発想力というのがない。だとすれば、泥臭い努力や思考を地道に積み上げてゆくしかないじゃないか。いい加減自分の弱さを認め、宮坂に憧れるだけの仕事のやり方を捨てないと、一生彼には追い付けない——追い詰められた末にようやく、そんな覚悟が固まった。それで、僕は週末の1日を丸ごと潰して、スーパーを視察するためだけにわざわざ茨城県東部までやってきたのだった。

まずは駅の近くにあるスーパーを訪れてみたが、オーストラリア産の牛肉や「国産」とだけ書かれた豚肉、それから野菜も北海道《ほっかいどう》産のブロッコリーや群馬《ぐんま》県産のキャベツなど、都内のスーパーとあまり変わらないラインナップだ。これじゃ参考にならないと、僕は困り果ててしまう。近所のスーパーを検索し、各店の電子チラシを眺めてみるが、他も同じような様子らしい。スーパーの軒先で途方に暮れていたところ、ちょうど目の前の駐車場に、まるで救いの神のように1台の車が入ってきた。


「秋口まではメロンが並んでましたが、今は何が出てるでしょうねぇ。でも、色々あるはずですから、何かしら見つかるでしょう！　ははは、そんな心配な顔しなくても大丈夫ですよ」

運転席から陽気な声が飛んでくる。後部座席に座る僕は、内心焦りでいっぱいで「ありがとうございます……」と返すので精いっぱいだった。

「缶コーヒー買うなら、ここが一番安いんで」という理由で偶然にも例のスーパーにやってきたのは、ここで長らく営業しているという個人タクシーの運転手、平井《ひらい》さんだった。今年で50歳になるという彼が出てくるのを待ち伏せし、「いきなりすみません、ちょっと困ってまして……」と声をかけて事情を説明したところ、「へぇ、カレーですか！　面白い遊びを思いつくもんですね。そしたら、ＪＡの産直所が近くにありますから、そこに行ってみますか？」と提案を受けたのだった。

スーパーから5分も行けば、目的地に辿《たど》り着《つ》く。「せっかくですから、地元民を代表して助言させてもらいます」とのことで、陽気で面倒見がいいらしい平井さんも一緒についてきてくれることになった。

「なるほどねぇ。ベースはポークカレーで、納豆を持ってくる人がいる……それだけでも十分おいしそうだけど、ちょっと絵面《えづら》が寂しいから、何か野菜をひとつ加えたいところですねぇ。定番であれば、じゃがいもや人参なんでしょうが」

「いえ、今回は創造性を試されるような感じがあるので、少し尖《とが》ったチョイスにしたいんです」

なるほどねぇ、ソーゾーセイねぇ、と平井さんは呟きながら、店内をぐるりと見て回る。ちょうど秋野菜が入ってくるシーズンのようで、ナスや白菜、キノコに栗《くり》といった商品がズラリと並んでおり、目移りして仕方ない。きっと、どれを入れてもおいしいカレーになるだろうが、僕が見つけなければならないのは、宮坂の言葉を借りれば「古くて新しい実家のカレー」に相応《ふさわ》しい具材だ。

その時。嶋田、という名前が僕の目に飛び込んでくる。空目したのかと思ったが、サツマイモが並ぶ木のケースには確かに、「私が作りました！　嶋田めぐみ」という文字が、おそらくは生産者のものと思《おぼ》しき写真とともにプリントされた紙が貼られている。

「ああ、嶋田さんとこ、今年も立派なのができたんだなぁ。サツマイモはね、ここ鉾田市の名産品なんですよ！　その中でも、嶋田さんとこのサツマイモは特に味がいいって評判でねぇ。うちのババと仲良しだから、よく分けてもらって味噌汁《みそしる》なんかに……」

平井さんの親切な説明にうまく集中できないほど、僕の目はカラー写真に釘付《くぎづ》けになってしまった。長靴にエプロン姿で、いかにも愛おしそうにサツマイモの段ボールを抱える高齢女性――その顔は、うちの嶋田部長とあまりにもそっくりだったのだ。


「へぇ！　あの調子者が、会社の皆さんにご迷惑かけてないといいんですが」

ソファとローテーブルが置かれた昔ながらの客間に、嶋田めぐみさんの明るい声が響く。向かいに座る彼女の顔を、まじまじと眺める。いざ実物に会ってみると、笑ってしまうほどに部長と似ている。

「めぐみさん、いきなりごめんねぇ！　この山村くんは、鉾田のカレー事情を探るべく、わざわざ東京から来てくれたんです。野菜を色々作ってるめぐみさんとこに行けば何かヒントがあるだろうと思ってたけど、まさかヒロシくんの部下だとはねぇ」

僕の隣に座る平井さんが、どこか誇らしげに応じる。彼のお母さんと嶋田めぐみさんは古い親友同士とのことで、「そういえば、あそこのヒロシくんは東京の広告屋で働いてるって聞いた気が……」だなんて言い出すものだから、直売所から車で更に15分行った嶋田さんの実家にすぐさま向かって、こうして客間に通してもらうに至ったのだった。

事情を話すなり、ちょっと待っててね、と客間を出て行っためぐみさんは、カレーがこんもり盛られた皿を片手に戻ってきた。

「今日のお昼ご飯にね、ちょうどカレー作ってたんですよ。うちはこの時期、具材と言ったらこれで決まりです」

見ると、ルーには豚肉と、何やら黄色っぽい根菜が入っているようだ。ジャガイモかと思ったが、輪切りにされた外縁には赤い皮がついている。

「これって、まさかジャガイモじゃなくて……」

「そう、サツマイモです。豚肉と、うちで穫れたサツマイモのカレーなんですよ」

めぐみさんが誇らしそうに言う。見慣れぬ組み合わせだが、いざスプーンですくって一口食べてみると、つい「おいしい！」と声が漏れる。カレーに芋というのは鉄板の組み合わせだけど、サツマイモ特有のねっとりホクホクとした食感が驚きを与えてくれるし、豚肉の脂の甘さとも相性が抜群だ。納豆も入れるんです、と告げると「茨城県民でもそんな食べ方しませんよ！」と二人とも衝撃を受けていたが、いざパックの納豆を恐る恐る混ぜてみると「へぇ、なかなか悪くないですよ」「食感の掛け合わせが面白いし、芋も豆もどっちもデンプン質だから合いますねぇ」と、案外気に入った様子だ。

「よかった……お二人のおかげで、どうにかこうして、パーティーに持って行く具材が決まりました。本当にありがとうございます！　きっと嶋田部長も、このカレーを気に入ってくださると思います」

僕は深々と頭を下げた。こんな僕を、未《いま》だにライバル視してくれる同僚に恥じない仕事のやり方を、偶然の力を多分に借りながらではあるが、どうにか見つけることができた気がする——そんな晴れやかな気分で顔を上げると、どういうわけかめぐみさんは、感情の読めない笑顔を薄っすらと浮かべながら、僕を見つめている。まるで、あの日の嶋田部長と同じように——。

「あのイタズラ小僧は、一体何を考えてカレーパーティーだなんて言い出したんだろうねぇ」

めぐみさんはそう切り出すと、それに続いて、耳を疑うような衝撃の事実を語り始めた。

＊＊＊

11月最初の週末。遂《つい》に、カレーパーティー当日がやってきた。会場は、嶋田部長が居を構える芝浦《しばうら》のタワマンのゲストルームだ。広々としたリビングの隣には、本格的な設備の揃《そろ》ったキッチンが用意されていた。

「さぁ、調理を始めよう。まずは布川くんから、持ってきた食材を順番にプレゼンしていこうか」

そう言って嶋田部長は、ダイニングテーブルに座る客人たちに開会を宣言する。布川課長が立ち上がると、「こちらは鹿児島《かごしま》の最高級黒豚で、脂の甘味が素晴らしく……」と自信満々のプレゼンを始めた。嶋田部長と布川課長は、時折ニヤニヤとした表情を向け合いながら、僕たちの様子をチラチラと窺《うかが》っている。まるで、新卒採用の面接官が言外に評価を伝え合うように――やはり、このカレーパーティーはただの楽しいお遊びではない。僕はそう確信し、宮坂のほうを見た。宮坂もまた、やや緊張した面持ちで僕を見つめ返し、小さく頷《うなず》く。

「さぁ、俺のプレゼンは以上だ。宮坂と山村、どっちが先攻をやるんだ?」

布川課長が、ダイニングテーブルの向こうに並んで座る二人の顔を順番に眺めながら言った。事前に示し合わせていたとおり、僕と宮坂は同じタイミングで立ち上がる。この手のプレゼンはお前のほうが得意だから、と任せていたが、宮坂は「すみません、山村から話がありまず」と言ったきり、座ってしまった。その意図は読めないが「おい、何だか知らないが早く話せよ」と布川課長がしつこく促してくるものだから、僕は仕方なく、宮坂が話すはずだった内容を、たどたどしい口調で話し始める。

「ええっと……会の趣旨をひっくり返すようで申し訳ありませんが、カレーパーティーは中止にしませんか? 実は、嶋田部長が大のカレー嫌いだという情報を、確かな筋から聞きまして……」

場が一瞬静まり返ったのち、まずは布川課長が爆笑した。それに続いて、嶋田部長も嬉しそうに笑う。

「いやぁ、部長！　遂にクリアした人間が出ましたよ。このテスト、今年で何年目ですか？」

「ちょうど10年目だね。記念すべき年に、記念すべき部下ができたということだね。喜ばしいことだよ、これは」

いつもの仕事ではなかなか見られない、上司たちの晴れやかな表情。どうやら僕と宮坂は、無事に課題をクリアできたらしい。

「試すようなことをして悪かったね。クリエイティブ業界では、アイデアが面白ければクライアントの意向なんて無視してもいい、くらいの風潮が蔓延《まんえん》している気がしていて。このカレーパーティーは、新しい部下ができるたび通過儀礼としてやっているんだけど、僕が本当にカレーが好きなのか、どういうつもりでこんなパーティーを開催しようと言い出したのか考える人は、これまで誰ひとりいなかったよ」

母のめぐみさん曰《いわ》く「小さい頃からスパイシーなものが苦手で、一番甘口のカレーでも食べられない」という嶋田部長が、謝罪とともにこの謎めいたパーティーの真なる狙いを説明する。

「しかし、よく気付いたな。食品メーカーを多く担当してきた嶋田部長が、実はカレーがダメだなんてのはトップシークレットで、うちの社員でも知ってる人はほとんどいないはずだけど」

部下の成長を噛《か》み締《し》めているらしい布川課長が、いかにも感心したような声でそう尋ねてくる。宮坂が何か言おうとしたが、僕はそれを制した。

「……最初にまず、宮坂がヒントをくれたんです。それで、色々調べてまわっているうちに、嶋田部長のお母さまに辿りつきまして。そうだ、ご実家で育てているサツマイモを貰《もら》ってきたんです。お母さまから『サツマイモはもちろんのこと、納豆も天ぷらにするとおいしい』と聞きましたから、これから天ぷらパーティーに切り替えませんか？」

だいぶ無茶のある説明だという気もするが、最後の納豆天ぷらに上司たちの興味は奪われてしまったようで「あー、そういえば実家で作ってもらった記憶があるよ」「関西では豚肉を天ぷらにするそうですから、ちょうどいいですね」「何にしろ、ビールが必要だね」などと盛り上がり、キッチンに向かって行ってしまった。ダイニングテーブルには、若いふたりが取り残される。

「いらんことしやがって、貸しができちゃったじゃん」と、宮坂。

「明日からはもっと貸しができるだろうから、覚悟しとけよ」と、僕。

そっぽを向いたまま、宮坂が黙って差し出してきた手を、僕は力強く握り返した。

限界遠藤のおもてなしチャレンジ

柚木麻子

——遠藤《えんどう》、あんた、ボロボロじゃん？　おもてなしなんてしている場合じゃないでしょうが。

その「インビテーションカード」を開くなり、どうせ既読がつくまでに十日以上かかると分かりつつ、私はＬＩＮＥグループ『スーパーゴリオ爺《じい》さんズ』にそう送信した。ご丁寧に朝顔の押し花を糊《のり》でくっつけた二つ折りの厚紙には「9月13日、去り行く夏を惜しむためにささやかなサマーナイトパーティーを企画しました。テーマカラーのミント色をどこかに身につけて、仲良しの皆さま、19時に我が家にどうぞお越しください　心を込めておもてなしさせていただきます。　遠藤淑子《としこ》」とあり、さらに、封筒の裏にはあの地獄の住所が達筆で書かれていた。

九月十三日は今からちょうど二週間後で、たまたま空いていたからいいものの、なんでこっちの予定を確認しないでカードを送りつけるんだろう、このぎょうぎょうしい文面、何よりも十三日の金曜日って……と考えると、遠藤の精神状態がいよいよ心配になってくる。

卒論にバルザックを選んだ四人組、『スーパーゴリオ爺さんズ』のうちの一人、遠藤が勤め先の向かいにある古いビルに住もうと思う、と言い出した時は、とうとうおしまいだと思った。

すらっと背が高く大人っぽい雰囲気で頭が良《い》いのに、ともに教師の親が厳しかった反動か、レジュメ発表ではあがりまくり、教授や先輩の前では必要以上に雑魚《ざこ》キャラだった遠藤は、新卒で採用されたカード会社ではめちゃくちゃなノルマを課せられて身体《からだ》を壊し、中途で入ったその中堅PR会社にもいいように使われていた。どうせ家には寝に帰るだけだし、すぐに新人が飛んで呼び出しかかるし、目の前に住んだ方がタイパがいいと思うとイカれたことを言い始めた時に、我々三人は遠藤をはがいじめにして退職代行を雇うべきだったのかもしれない。

殺伐としたオフィス街にある、一階は印刷会社、あとは事務所やレンタルスペースが上から下まで入ったその建物は、およそ、三十八歳の女が一人暮らしをするような環境ではない。

この一年半の間、『スーパーゴリオ爺さんズ』は遠藤が不在のまま回っていた。

LINEで翔子《しょうこ》ちゃんは、私たちが会ったことのないママ友の話をよくしている。彼女の夫がどうやら社用の車の中で浮気をしているらしい。翔子ちゃんのアドバイスで盗聴器を仕掛け、その若い女との会話内容から逢瀬《おうせ》の場所を突き止め、二人でプロ顔負けの手腕でノワール小説のようなことをしている。グループの中では唯一の男性である菅野《すがの》は、韓国の若い男性アイドルグループにハマり、大学の頃あれほど熱心に応援していた国内の女性グループの運営の体質を突然、人権目線で腐すようになった。などのようにそれぞれの日常を代わるがわる報告しても、遠藤はスタンプひとつよこさなかった。何日も経《た》ってから既読がつき、かろうじて生存確認できている状態だった。

しかし、今回は送信からたった十五分で、ＬＩＮＥが返ってきた。

サマーパーティー当日は有給を使うから、もし可能ならみっちゃんには十六時くらいから手伝いに来て欲しい、材料はみんな買っておく、手ぶらでいい、と、個別で連絡がきたのだ。もはや超レアキャラになってしまった遠藤が直《じか》に私だけに語りかけている！　菅野が個別の接触で推しと一分間も話せたとかで大騒ぎしていたけど、こんな感じなのかな。

みっちゃん、という大学一年夏休み前の呼び方をするのももはやこの人だけで、十年が急に縮まったみたいで、思わずベランダに出た。

八月もそろそろ終わるのに、手すりにもたれたらうっかり二の腕を火傷《やけど》するほどの日差しだった。フリーランスなのをいいことに、最近、夕方になるまで家を一歩も出ないで過ごしている。

そういえば、大学時代はみんなでタコスパーティーや焼きそば会をするときは、私が仕切っていた。最近は何かと忙しく、ネットで見つけた簡単おつまみレシピをチャチャッと作る程度だが、包丁を握るのも生肉に触るのも全然苦ではない。

十三日は爪にミントグリーンのマニキュアを塗り、遠藤が好きだと言っていたヤムウンセンとベトナムビールでも持っていこうと閃《ひらめ》いた。

その街は紙周りの会社が多く、実は私は、サンプルや試作品を届けたり受け取ったりで、年に数回足を運んでいるのだが、いつも帰りの電車に乗るまで、ここに友達が住んでいることをどうしても思い出せない。ちょっとでいいから呼び出して、遠藤の顔を見ればよかった、と悔やんでしまう。それくらい生活の気配というものが感じられない、無人の職場を路上に拡張したような雰囲気の街並みだった。

遠藤の勤め先を睨《にら》みつけつつ、その向かいのビルを目指して歩いていたら、明るすぎるアスファルトに椰子《やし》の形が細長に伸びた。バカンスの概念のようなシルエット、と思った次の瞬間、椰子の木の鉢植えを抱えたエプロン姿の若い女性が、私を追い越していった。鋭い葉っぱが頬を掠《かす》めていく。

突然その細い背中が、ぐらりと前に傾き、目の前でうずくまった。熱中症か？　振り向くと、数メートル向こうに有名なチェーンのフラワーショップのロゴが入ったライトバンが停《と》まっている。車から降りたばかりだとするなら、立ちくらみだろうか。

「大丈夫ですか」

椰子の木を死守したまま路上にしゃがみ込んでいる女性の肩に、私は手を伸ばした。白いTシャツに背骨が浮き上がっている。こういう時、動かさない方がいいんだっけか？

その時、遠藤の家の一階の印刷会社から、七十代くらいの花柄のノースリーブを着た女性が飛び出してきた。私との間に割り込むように、花屋さんの肩を抱き、慣れているのか、服と同じような花柄のタオルハンカチでパタパタと顔を煽いでいる。印刷会社さんは私を見た。

「あなた、奥に入ってきてあげてちょうだい。その、奥！　カウンターの奥から一段高くなったところに、台所あるから」

迷う暇もなく、私はそのガラスの引き戸が開けっぱなしの小さな会社に走り込んだ。製本が終わったばかりのコミティアの同人誌が積み上がっている。オフィススペースがこんな風に土間になっているということは、元は家族経営で活版印刷をやっていたりするのだろうか。そういえば、バルザックの卒論の製本を我々が頼んだのは、大学裏のこんな感じがする小規模な印刷会社だった。

靴を脱いで上がったのはペタペタするリノリウム床だった。天井まで届く食器棚。ビニールのテーブルクロスで覆われたテーブルの上には洗濯鋏《ばさみ》で留めたブルボンのお菓子とナンクロと老眼鏡。いきなりの実家感あふれる光景に、高低差で耳の奥が鳴りそうである。私は食器棚から、透かし模様のあるガラスのコップを取り出し、水道水を注いで、土間に降りた。すでにコピー機の横のソファで、さっきの花屋さんは白い喉を見せていた。隣では女主人が、この印刷会社の販促物らしい団扇《うちわ》で風を送り、こっちからコップを奪うと、その人に少しずつ飲ませて、さっきのタオルハンカチで口元を拭ってあげたりしている。

「この子、上のレンタルスペースに、よく観葉植物を届けに来るの。見ている限り、全然休みないのよ、この会社。重い鉢植えを持っている時、よくふらついてるの」

このビルには過労の女性を吸い寄せる何かがあるのだろうか。不意に印刷屋さんは私を見上げ、怪訝《けげん》そうな顔をした。

「あれ。あなた、ここに住んでる人じゃないわよね？　レンタルスペース借りにきたの？　建物のことはみんな息子が管理してるからよくわからなくて。息子と夫は今、配達に出ているから、私、何もわからなくて」

どうやら、この人は遠藤の大家さんでもあるようだった。世話好きっぽい人が一階に何人かと住んでいるらしいので、私は少しホッとした。

「はい。あの、ええと、四〇二号室の友人です」

「ああ、あの、目の前の会社で働いてる人……。遠藤さんの？」

私たちは思わず顔を見合わせた。

「はい、そうです。よかった。遠藤の存在を認識している人が自分の他にいたみたいで」

「こっちもよ！　遠藤さんにお友達がいるってわかって安心した」

ほぼ同じようなことを私たちは言い合って、一言も発さない花屋さんを挟んで、同時に天井を見上げる格好になった。

「住居として借りてる人って、あの人だけだもの。夜みたいな時間に出ていって朝みたいな時間に帰ってきて、この道路の往復を繰り返してる。いつみても顔色が悪いんだもの、そりゃ気になるでしょ」

顔色といえば、花屋さんもティッシュみたいな顔色だった。よろよろと立ちあがろうとする彼女を制して、伝票いいですか？　と私は促す。エプロンのポケットから出てきた伝票の届け先はなんと四〇二。

遠藤、椰子の木なんてなんに使うの？

「いいです。私が届けます。ちょうど友達の家なんで。ゆっくり休んで」

伝票には代済みと書いてあったので、私は椰子の木を奪う形で腰を伸ばす。何かあったらなんでも言って、という大家さんに顎を引きつつ、一人乗ったらほぼ満員のエレベーターに乗り込んだ。レンタルスペースがあるビルは全部そうだが、通路がドブ臭い。

重そうな鉄のドアを開けてくれた、約二年ぶりに会う遠藤は、

「あれ」

と、まず最初に椰子の木を見た。ひとまわり痩せ、目の周りがどす黒かった。私は鉢植えを下ろすと、その薄い肩を抱き寄せ、よしよしと撫《な》でさすった。さっきの花屋さんと同じで骨がゴツゴツ当たる。

「ええと、エレベーターの前で花屋さんと一緒になったから、受け取った」

花屋さんが配達中に倒れた、と言ったら、遠藤は自分を責めるだろうと思ったのだ。

遠藤はずっとそういう人間である。

この部屋を訪れるのは初めてだ。寝に帰るためだけというのは納得で、ソファベッドを畳ん

でしまうと、卵形の折り畳みテーブル以外、ほぼ何もない。窓から見える例の勤め先は、汚い壁に室外機がびっしり並び、魔境のようだった。

しかし、椰子の木が部屋の中央に陣取ると、急にパッと明るい雰囲気になった。遠藤が冷たい緑茶と一緒におもむろに差し出したのは、花模様のケースに入った料理本だった。背表紙にはのんきなフォントで『マダムチャーミングのやさしいおもてなし入門』とあった。刊行年を見ると、なんと一九八五年。我々が生まれる一年前である。

「何これ」

「今の私のバイブルだよ」

と、遠藤は言い、座布団がわりか、畳んだバスタオルを私に勧めた。

今のお前がバイブルにすべきは、最近流行《はや》りの韓国発のセルフケアエッセイとかだろうと思いながら、ケースから本を取り出した。

鶏の丸焼きとかバタークリームのケーキとか折り込んだパイ生地から手作りするパルミエとか、私が普段好んでいるレシピとは根本的に違う料理が、古臭い写真と文体で紹介されている。

マダムチャーミングこと飯島茉莉子《いいじままりこ》先生は八〇年代、一世を風靡《ふうび》した料理研究家だそうだ。一流商社マンの夫の転勤に合わせ、息子と娘を連れて、パリ、ロンドン、ニューヨーク、ベルリンに移り住み、その土地ごとの食卓を、家族の好みに合わせてアレンジし、グルメブーム真っ盛りのメディアで人気者となる。おっとりした語り口で家族愛を語り「ワーキングウーマンを尊敬します。ただ、私はあくまでも主婦です」と強調した。今だったらめちゃくちゃアンチが湧きそうなプロフィールだが、当時はテレビと雑誌に引っ張りだこで、女性の憧れのまとだったらしい。ただし、九〇年代の終わりくらいから徐々に露出が減っていき、今はメディアに登場することは全くない。本人もいうように「主婦の手慰み」で、欲が全然なかったせいだろうか。

巻末に、マダムチャーミングの紹介ページがあった。トサカがついたショートボブの彼女は今の私たちより年下のはずだが、ソフトフォーカスがかかった写真のせいか、禍々《まがまが》しいまでに成熟した雰囲気がある。上質なカシミアニットに大きなブローチと真珠のイヤリングをつけ、まぶたには真っ青なアイシャドウに青みピンクのルージュ。薔薇《ばら》と霞草《かすみそう》の大きな花束を抱え、艶然と微笑《ほほえ》んでいる。

遠藤はこの本を、会社の書庫で泣いていた時に見つけたのだという。「泣いていた」に、私は思い切り引っかかって、その後の話があんまり頭に入ってこなかった。

「うちの会社がまだ大きくて本社が五反田にあった頃かな？　九五年くらい。クライアントの乳業のプロモーションに、マダムチャーミングを起用したことがあって。その時の参考資料として、何冊か置いてあった」

書庫にあったマダムチャーミングの本を読《よ》み漁《あさ》って、遠藤は衝撃を受けたのだという。とんでもない時間をかけて誰かをおもてなしするのが当たり前の日常だからだ。

「でも、このマダムチャーミングは、お金持ちの夫さんがいて、おもてなしも夫さんの仕事には必須なところがあるんでしょ?」

「それはそう。でも、マダムチャーミングはコンサバではあるんだけど、働く女性にも視線が行き届いているんだよ。サマーナイトパーティーのある第三章がまさにそうなの。忙しいオフィスガールの皆さんも、これなら簡単におもてなしできますよって」

「いや、これ簡単じゃないだろう!」

遠藤が開いてみせた『忙しいあなたにぴったりな夏のおもてなしの定番〜豚ヒレ肉のゼリー寄せ、メロンとミントのカクテルパンチ、カナッペ、桃のブランマンジェ〜食欲がないお客様にもぴったりの涼しいメニューです』と添えられたグラビアページに向かって、私は力一杯突っ込んだ。職業柄、光が入らないぎっちりした質感の料理の写真に目が吸い寄せられる。ガラスの器に盛りつけられ、レースのテーブルクロスが敷かれているのに、肉のゼリーもパンチも全然涼しげではない。ただ、どうしてだか食べてみたい、と思わせる何かがあった。

「カナッペ以外は前もって仕込めるものです。二週間前には手作りの押し花付きインビテーションカードを出すのが親切ですね。お部屋には椰子の木があると開放的な気持ちになるでしょう。さあ、おもてなしの夜は、十七時には会社を出て、家に帰り、シャワーを浴び、さっぱりとしたミントグリーンブラウスに着替えましょう。あとはカナッペを作るだけです。十九時、お客様が続々と現れ、素敵な夏の夕べの始まりです」

　と、遠藤は淡々と読み上げた。言いたいことがありすぎて、私は持ってきたままでまだ冷やしていないベトナムのビールのプルタブを開けることにした。

「まず、十七時に帰れるって当たり前に書いてあるところに驚いたし、二週間前にカードを送りつけても、普通に集まることが前提の価値観に驚いたの」

「確かに桃源郷みたいな世界だねえ」

　でも、まあ、女が働きやすかったといえば、そんなことはない時代だろうけど……とは思うものの、グラビアを見つめる遠藤がうっとりしているので、私は言葉をビールで飲み込んだ。こんなことしている暇があるなら寝ろよ、と叱りつけそうになったが、全部活字でしか知らないようなメニューなので、私もちょっと食べてみたいと思ってしまう。

　料理を全然しないせいで、みっちゃんと翔子ちゃんが頼りなのだ、と遠藤は頭を下げた。ざっとレシピを読んでみると、一応できないことはない。ただ、豚肉のゼリーは粉ゼラチンではなく、板ゼラチンを使い、ボウルを氷水で冷やしながら、とろみをつけていくスーパー面倒臭いやつだった。すぐに作り始めないと、十九時までにゼリーもブランマンジェも固まらない可能性がある。調理器具はガラス皿やフォークと一緒に、一通り買い揃《そろ》えられていたので、片っ端からガンガン洗っていく。

　新品のような冷蔵庫を開けると、肉も野菜もちまちましたハーブ類も、とりあえず揃っている。塩やスパイスの瓶まで何故《なぜ》か冷やしてあるので、一瞬で自分がすべきことを理解した。

全く使っていないことがわかる一口コンロのキッチンに立って、手を洗う。豚ヒレに塩を擦り込んだ。鍋に水と固形スープの素を入れ、香味野菜も一緒に煮込む。遠藤は私の手際に見惚《みと》れているだけなので、折り畳みテーブルで玉ねぎとエシャロットとニンニクを刻むように、指示した。肉を煮込んでいる間に、ブランマンジェを作り始めなければいけないが、コンロが一つなので、電子レンジで板ゼラチンを簡単にふやかし、砂糖、生クリーム、牛乳、アマレットと合わせる。急速に固めたいので、エンゼル型に流すととりあえず冷凍庫にぶち込んでいく。

「なんか、ごめんね、みっちゃん」

新品ゆえかえってキレが悪い包丁で、ごとごとと玉ねぎを切りながら、遠藤はつぶやいた。

「なんかね、このおもてなしが成功したら、変われそうな気がしたんだよね」

そうかなあと思いつつ、火が通ったヒレ肉をサイコロ状に切っていく。キッチンが狭いので、非常にやりにくい。遠藤の手による歪《いびつ》な玉ねぎとエシャロットのみじん切りを、焦がさないようにフライパンで弱火で炒《いた》める。肉の煮汁にふやかしたゼラチンやワイン、ビネガーを混ぜ、冷ましたみじん切りや肉も加える。遠藤に氷水のボウルを押さえていてもらい、その上に肉ゼリー液のボウルを置いて、ヘラを動かしてとろみをつけた。パウンド型に流し込み、こちらはある程度固まりつつあるので、冷蔵庫に入れておく。

十八時過ぎにインターホンが鳴った。

「久しぶり、遠藤、体大丈夫そう？」

翔子ちゃんのミントグリーンは、長い髪をくくっているシュシュだった。一番これが無理がないかもしれない。私と遠藤はてんてこ舞いで、全くスマホを見れていないが、菅野は十九時過ぎの到着になるらしいよ、と翔子ちゃんは教えてくれた。

飲み込みが誰より早い翔子ちゃんは、マダムチャーミングの本を手に取り、遠藤がぎこちなくセッティングしたテーブルと見比べ、首を傾《かし》げた。

「なんか違うんだよね。皿じゃん？」

と、翔子ちゃんは言って、テーブルクロスの上に並んだ、遠藤がオンラインでまとめて買ったという皿を手に取った。

「皿がもっとこう、決定的にダッサくないとダメなんじゃないの」

その時、私は不意に思い出す光景があった。

「ちょっと待って、すぐ戻る」

「え、この辺、スーパーどころか自販機もないよ」

と、遠藤の慌てた声が追いかけてくる。私は迷わずエレベーターに乗り、一階の印刷会社に走っていく。

「すいません。さっきの四〇二の友達なんですけど」

「何かあったの？　遠藤さん、大丈夫？」

大家さんがすぐに、奥から飛び出してきた。

「さっきちょっと勝手に食器棚見せてもらったんですけど、お皿って借りれたりします？ 今、みんなで料理作ってるんですが、お皿が全然足りなくて、紙皿さえ売ってるところこの辺にないし」

この図々《ずうずう》しい申し出は、大家さんをえらく喜ばせた。食器棚から、透かし模様の入ったガラス皿とか銀の大皿をどんどん取り出し、部屋まで運ぶのも手伝ってくれるという。

「ずっとしまっていて、使い道がなかったから、嬉しい。昔はね、こんな会社でも社員がたくさんいて、よく、大勢にご飯を作って、おもてなししてたりしたのよねー。すぐそこに商店街もあったし」

大家さんはエレベーターの中で懐かしそうに語り、私はこの辺りの歴史をちょっと調べてみたくなった。

「みんな、一階の大家さんが、クラシカルなお皿を貸してくれた！　あのね、遠藤、大家さん、あなたのことといつも心配してくれていたんだからね」

ドアを片手で押さえながら、私が紹介すると、遠藤は非常に驚いたようだった。ほとんど初めて会うのか、自分の顔よりでかい皿を抱えた小さな大家さんをまじまじと見つめている。

「ありがとうございます。あの、よかったら、みんなで作った料理なんですけど召し上がりませんか？」

すぐに立ち去ろうとする大家さんに遠藤が声をかけたら、彼女はいそいそした様子で上がり込み、珍しそうに部屋を見回すと、私たちよりずっと手際よく、料理の盛り付けを手伝ってくれた。

「ゼリー寄せなんて何年振り？　あの頃はとにかく何でもゼリーで寄せるのが流行っていたのよねえー」

と、大家さんは言った。

「好きな時にゼリーで寄せられるのが、本来の日常という気がします」

遠藤が大真面目に呟《つぶや》いたので、私と翔子ちゃんは笑ったが、彼女は相変わらず真顔だった。

「記念日でもなんでもないのに、パーティーできるような暮らしが本当なんです」

その時、大家さんが、あっと声をあげ、マダムチャーミングの本に目を留めた。

「懐かしい。覚えてる、このおもてなしブック。私がまだ結婚したばかりの頃、とてもよく売れてたの」

そう言って、目を細めてページをめくっている。

「マダムチャーミングね。憧れたなあ。確か、この方、離婚したのよね。それで、あんまり表に出なくなった気がする」

私は首を傾げた。人気料理研究家が離婚しても何ら仕事に影響しなそうだ。しかし、幸せな家族売りをしていたマダムチャーミングには致命傷だったようだ。九〇年代となると、働く女性が増え、簡単なレシピが求められるようになり、心をこめたおもてなしは、どんどん需要がなくなっていった気がする、というようなことを、大家さんは語った。

「いや、でも、なんかわかります」

と、翔子ちゃんが、パンチ用のメロンやブランマンジェ用の桃を、サクサク切りながら、そんなことを言った。

「なんか、結婚してるから得られる信用みたいなものって、まだまだ全然あってさ。八〇年代で顔出しで仕事してたら尚更《なおさら》じゃないかな。私、ずるい人間だから、絶対に離婚とか、踏み切れないと思う」

この中で最も一人でも大丈夫なのが翔子ちゃんだったりするので、私たちはしんとして聞き入ってしまう。そういえば、翔子ちゃんは家族自慢はもちろん愚痴の類も全くしない人だった。するとしたら、例のママ友とのほぼエンタメ化された浮気調査。正直、聞いていてワクワクするし勧善懲悪の面白さもある。でも、翔子ちゃんがそこまでそのママ友に肩入れする理由とは。普段はクールなのにその時だけ講談師のように振る舞うサービス精神とは。もしかすると、その夫が翔子ちゃんの夫である可能性？　それとも、私たちと学生時代のままのノリを保ちたいから、実は既婚者としてものすごく気を遣っていて面白がりそうなことだけ選んで脚色して話しているとしたら。

「ま、いいや、なんかお酒ない？　お酒入ればもっと話せる」

翔子ちゃんがそんなことを言うので、早いところ、メロンとミントのカクテルパンチを仕上げてしまおうという流れになった。明るい緑色の飲み物は、今日の料理の中でひときわ映えそうである。

「生のミント、買い忘れた」

と、遠藤が小さく言った。カクヤスから配達してもらったこの濃いミントリキュールを注げば、ある程度、薄荷《はっか》感は出るのでは。マダムチャーミングも「ミントの葉はあれば」と謳《うた》っているじゃないか、と私は主張したが、遠藤はあくまでもグラビア通りにこだわった。

「大丈夫、今から会社に行く」

私たちはギョッとして、翔子ちゃんも大家さんも激しく首を横に振っている。遠藤はこう説明した。

「会社のプランターにミントが植わってるの。実は押し花の朝顔もそこで育ってるやつを盗んできた」

なんだ、思ったより、牧歌的な雰囲気の職場なのかな、とちょっとホッとしていたら、一瞬で、奈落に叩《たた》き落《お》とされた。

「いや、ミントは誰かがウーバーで頼んだアイスティーにくっついていたのを適当に植えたら、雑草みたいに広がってきちゃって。朝顔は、仕事で帰れないせいで、妻子に出て行かれちゃった佐野《さの》さんっていう先輩が、子が残した朝顔の鉢植えを見ると泣きそうになるからって、会社に持ってきて……」

「絶対ダメ。遠藤行くんじゃないよ。ミントなしでも味は変わらないから」

私は思わず、遠藤の手首を強く握った。向かいの会社にはやばい渦がある。それに、平日の人がいっぱいいるオフィスに、目の前に住む遠藤が現れたら、何が起きるか私にはわかりすぎるほどだ。遠藤は誰かに何かを頼まれたら、絶対に断れない性格だ。あの時やあの時みたいに、そのまま帰ってこなかったらどうしよう――。働き始めてから幾度となく、遠藤が四人の席で、会社からの呼び出しを受け、不意にいなくなったことを思い出した。

「今までの、私と違うから。絶対にちゃんと帰ってくるから」

遠藤は見たこともない強い目をしている。私の手のマニキュアを見て、

「ミントグリーン」

と、嬉しそうに呟くと、やんわり振《ふ》り解《ほど》いて玄関を後にした。

胸が潰れそうになって窓辺に駆け寄った。通りを見下ろすと、遠藤が道路を走って、向かいのビルに飛び込んでいくのが見えた。遠藤のオフィスがどの階だかわからず、私は向かいの窓を睨むのをやめ、キッチンに戻った。

「とにかくさ、盛り付けて仕上げちゃおうよ。カナッペ、まだだし」

翔子ちゃんがそう言いながら、バゲットをどんどん薄切りにしていくので、私は慌ててトマトやチコリを洗い、大家さんがバゲットをフライパンで焼いていく。みんなで黙々とバゲット

にバターやマヨネーズ、からしを塗り、チーズやハーブや生ハムを飾り付けていく。案外とこういう作業は楽しい。よく知っている食材がマダムチャーミングのブローチみたいな形に変わっていく。

しばらくして、ドアが開いた。遠藤がキラキラした目で土で汚れた右手に葉っぱを握って現れ、私は感動していた。後ろには小さくて細い、青い顔の男の子が立っていた。

「中途の泉《いずみ》くんだよ。オフィスでデスクに突っ伏しているから、パーティーやるから逃げないかって声かけたら、手伝うって言ってくれて。プライベートで手伝いさせるなんて、パワハラみたいだから、そんな暇あったら帰って寝なって言ったんだけど。帰る気力ないし、今一人になったら、消えたくなるとか言うから」

「先輩、一緒に会社辞めましょう。あんな職場、絶対に辞めた方がいいですよ」

泣きそうな声で泉くんとやらが主張した。遠藤がしばらくして、頷《うなず》いた。

「すぐには無理だけど一緒にそっちに向かおうね」

泉くんはこくりと頷き、スニーカーを脱ぎ、不安そうに私たちを見ている。

「私たち、遠藤の大学の同級生。泉くん、手を洗ったら、カナッペ作るの手伝って」

と、翔子ちゃんが指示した。

「カナッペってなんですか?」

「ほら、こういう、薄く切ったパンとかクラッカーに具を載せるやつ。リッツパーティーって言ったら、わかるかな？」

「リッツパーティー？」

泉くんは訳がわからないといった顔で、翔子ちゃんと大家さんの間に座った。「キャビアそっくりでグッと安価」とマダムチャーミングが一押ししていたランプフィッシュの卵を、焼いたバゲットに載せていく。遠藤も大事そうに洗ったミントをグリーンのお酒で満たされたピッチャーに加えている。

私たちが説得しても聞く耳を持たなかったのに、なんで、過去の人の料理研究家にハッとさせられているのか。遠藤は本当によくわからないが、とにかく目が覚めてくれたのであれば、なんでもよかった。

インターホンが鳴った。大家さんが怯《おび》えた顔で、

「もしかして、会社の人が追っかけてきたんじゃないの？」

と、言った。泉くんは泣きそうになってフォークでゆで卵をつぶしている。遠藤は彼を落ち着かせると、自らドアを開けた。

現れたのは菅野だった。すっかり彼のことを忘れていた。

「遠藤、久しぶり。はい、これ、キムパと水キムチね」

と、菅野は言ってビニール袋を差し出した。

「遅れてごめん。タワレコに寄ってたら、布教用を買いすぎちゃって」

そう言って、例のグループのCDがたくさん入った黄色い袋を掲げて見せた。菅野は昔、ガタイが良い地黒の坊主頭だったのに、今やどんどん推したちに近づいて、白く薄くなっている。唇など私よりずっと柔らかそうで赤味が強い。絶対に美容医療をやっている。ちなみに今日の菅野は、手持ちにミントグリーンがなかったのか、本人的にはもう心が離れたと言って久しい女性アイドルのダサいグッズTシャツを着ているので、風貌とチグハグである。でも、捨てていない時点で完全に心が離れたとはいえないのかもしれない。

桃のブランマンジェも肉のゼリーもプルプルと固まっていた。泉くんが手伝ってくれたカナッペもグラビアより、断然美味《おい》しそうに見える。菅野の韓国料理に、私のヤムウンセンと缶ビール、翔子ちゃんの豚の角煮、大家さんが一階から持ってきてくれた夏野菜の煮浸しも並べたら、なんだか豪華なテーブルになった。何しろ、大家さんの持ってきてくれたお皿がいい効果で、本当にマダムチャーミングのテーブルみたいに見える。

「待って、この人、知ってる。どっかで見た」

マダムチャーミングの本をパラパラめくっていた菅野が不意に眉間に皺《しわ》を寄せて、記憶を辿《たど》るようにしばらく視線を彷徨《さまよ》わせた。

「この人、韓ドラ大好き高校生のおばあちゃんに似てない?」

そう言って、菅野は急にスマホを差し出した。全員で端末を覗《のぞ》き込《こ》む。そのインスタグラムの紹介文には、

「韓ドラ大好きな男子高校生です。ドラマに出てくるご飯を大好きなおばあちゃんに作ってもらってるので、紹介します」

とあった。まだバズっているわけではないが、最近着々とフォロワー数を伸ばしているお料理系アカウントだそうだ。何品も野菜のおかずや発酵食品が並ぶ韓国の豊かな食卓の再現は、キムチを漬けるところから始めるなど、最近どこでも見かけない時間の掛け方なのだという。お皿は普通だけれど盛り付けが丁寧で、真上からのマットな質感の写真は、最先端といった印象だ。

「今、みんな省略したレシピばっかだけど、このおばあちゃん、すごいんだよ。孫と一緒に新大久保とか御徒町《おかちまち》まで買い物に行って、えらい本気で再現するんだよね」

ショート動画では、孫だという男の子とおばあちゃん本人が登場する。

画面の中の、オーストリアのお土産のTシャツを着た白髪の痩せた女性は高齢だった。マダムチャーミングのグラビアの華やかな印象はないが、アルミの壁に囲まれたコンロ二つのごく一般的な家庭の台所で、手際良く調理している。言われてみれば、整った顔立ちに面影がないこともない。サクサクとニラを切る手つきはどこか優雅だった。

大家さんはこの人はマダムチャーミングだと思うと主張し、菅野も絶対にそうだと言う。動くマダムを見たことがない私たちはなんともいえない。

でも、もしそうなら、とてもいいな、と思った。

遠藤が音頭を取り、メロンとミントの緑のパンチで、私たちは乾杯した。とびきり涼やかで青い甘さが身体を駆け抜ける。

窓越しに、もうエアコンをそろそろ止めてもいいと思えるような、ぬるい風が入ってきて、肉のゼリーをかすかに揺らした。

参考文献

堀江泰子『特選クッキングブックス11　小さなパーティのための料理』（世界文化社、絶版）

エデンの東

小川哲

曽根幸太《そねこうた》
2024年11月23日　20：02
件名：「エデンの東」拝読しました。

小笠原《おがさわら》先生
日頃から、たいへんお世話になっております。

「エデンの東」、大変興味深く読ませていただきました。

一度目ではどういう話かわからず、注意深くもう一度読んで、ようやく全体の構成とコンセプトを理解しました。旧約聖書をモチーフにした、先生にしか描くことのできない「兄弟」の話であったと思います。到底すべてを読み解けたとは思えませんが、災害をきっかけとしたチャリティー企画をしていく上で、幾重にも仕掛けられたモチーフとオマージュが、何年もずっと被災者の方への勇気を与えることになることを願っております。

強いて希望を言えば、もう少しわかりやすいお話であれば、先生の描く素晴らしい世界がより多くの読者へと届くのではないか、とも感じましたが、とはいえ何より重要なのは作品の質でして、その点で私が申し上げることはございません。

校閲ゲラが準備でき次第、またご連絡いたします。何卒《なにとぞ》よろしくお願いします。

株式会社講談社　文芸第二出版部　曽根幸太

というメールを読んで、私は激怒した。

まず「大変興味深く読ませていただきました」という感想が気に食わない。担当作家に依頼した原稿に「興味がない」ということなど考えられない以上、「興味深く読む」というのは職務上当然の態度であって、これでは「仕事なので読みました」と同等の意味である。作品の感想というものは「面白かった」か「つまらなかった」か、あるいは「わからなかった」などと述べるべきであり、「興味深く読ませていただきました」とは「仕事なので読んだが、感想は述べたくない」と言っているようなものだ。曽根は、慎重に言葉を選んでいるように見せながら、「難しくてよくわかりませんでした」「もう少し読者のことを考えてください」というような内容を書いており、彼が「エデンの東」に満足していないことは明らかである。

もっとわかりやすく書いてほしい――私はデビュー時から、読者に同じことを言われ続けてきた。そもそも文学とは作者から手取り足取り教えてもらうようなものではない。自分の手で摑《つか》みとるものである。わからないというならば、わかるように努力すればいい。己の読解力不足を作者のせいにすべきではない。

と腹を立てつつも、私は熱心な読者から「先生の作品は、他人に勧めづらい」と漏らされたことを思い出す。自分でも、どうして「勧めづらい」のかはわかっている。私の作品は前提とする知識が必要だったり、モチーフを複雑に入れ込んだり、主題を繰り返したりすることが多い。加えて、それらを説明、補足する描写は切り捨てている。不必要な説明は興を削《そ》ぎ、読書の悦《よろこ》びを台無しにするからだ。とはいえ、曽根の感想からも読み解けるように、読者に伝わらないモチーフや主題は存在しないのと同義でもある。チャリティーという企画の趣旨からしても、作品は私のものではなく、被災者のものであるべきだろう。

私は「読者のため読者のため読者のため」と呪文のように繰り返してから、怒りに震える手を鎮め、今一度「エデンの東」の冒頭を読み直す。


初め、甲斐《かい》は阿部《あべ》に嫉妬に近い厭悪《えんお》を抱いていた。何せ阿部の両親は生きている。

阿部は陸軍教導団歩兵科の同期生であった。

二人は共に無口で、歩兵科の修業中はほとんど口もきかなかったものだが、下士官任用後は親友と呼べる仲になり、鹿児島《かごしま》旧士族の反乱が起こると戦争に加わった。二人は歩兵第十四連隊として高瀬から田原坂《たばるざか》に向かった。田原坂は切通《きりどお》しの防御に適した坂路であり、崖に挟まれた幅の狭い要害では死闘が繰り広げられていた。

この小説の主な登場人物は「甲斐」と「阿部」の二人である。「エデンの東」という題がつけられていることを加味すれば、この作品のモチーフが旧約聖書『創世記』におけるカインとアベル兄弟にあることは明白である――本当に明白なのだろうか。編集者の曽根は二度読まないとわからなかったと言っていた。「読者がカインとアベルの説話を知っている」という前提が成立しなければ、モチーフそのものが空疎なものになってしまう。

ひとたび「必要とされる前提知識」という視点に立つと、この作品の冒頭が多くの読者を置き去りにしていたことに気づく。「陸軍教導団」とは大日本帝国時代に下士官を養成する目的で設立された組織だが、その知識がなければ本作の舞台が明治時代であることも伝わらないだろう。鹿児島旧士族の反乱とはすなわち薩摩藩《さつまはん》の反乱のことであり、つまり二人が加わった戦争とは西南戦争である。その単純な読解にも知識が必要とされる。

たしかに不親切な小説であるかもしれない――作家人生で初めて、私は己の切り詰めた文章を反省した。普段の創作はまだしも、本作はチャリティー企画である。読者のことを考えた著述も必要になるだろう。

私は「読者のため読者のため読者のため」と繰り返しながら、冒頭を書き直す。

初め、甲斐は阿部に嫉妬に近い厭悪を抱いていた。甲斐の両親はすでに亡くなっていたが、

阿部の両親は生きているのである。「お互い家族がいない」と言いながら、生きていて遠方にいるのと、死んでしまっているのとでは大きく違う（ちなみに甲斐というのは旧約聖書におけるカインからとった名前であり、阿部というのはカインの弟であるアベルからとった名前である。『創世記』においてカインはアベルを殺害し、これは「人類最初の殺人」と言われている。本作のタイトルにもなっている「エデンの東」とは、アベル殺害の罪によって追放されたカインが行き着いた場所である）。

阿部は陸軍教導団――大阪兵学寮における教導隊を前身とし、明治四年に東京へ移された下士官養成学校――の歩兵科において同期生だった。

二人は家族を失ったばかりであるという事情もあって無口で、歩兵科の修業中はほとんど口もきかなかったものだが、下士官任用後は親友と呼べる仲になり、西郷隆盛《さいごうたかもり》率いる旧薩摩藩の士族による反乱が起こると戦争に加わった。二人は歩兵第十四連隊として高瀬（現在の熊本県玉名市）から田原坂（西南戦争における最大の激戦地で、民謡としても知られている）に向かった。田原坂は山を切り拓《ひら》いて通した坂路であり、山を切り拓いた道であるから当然崖に挟まれており、そのせいで幅も狭くなっているので防御に適した要害となっていることもあり、以上の理屈によって突撃する征討軍と守りを固めた薩軍《さつぐん》による死闘が繰り広げられていた。

という改稿をした冒頭部分を「これでわかりやすくなりましたか？」という文章とともに曽

根へ返信した。「蛇足なのではないか」という思いを抱きながらも、前提知識が必要となっている箇所を可能な限りわかりやすく説明したつもりだった。

曽根から電話がかかってきたのは、私が返信してから十五分ほど経《た》ってからだった。

「どういうことですか？」と曽根は言った。普段あまり感情を顕《あらわ》にしない男にしては、口から泡を飛ばすような強い口調に聞こえた。

「どういうことも何も、君が『エデンの東』に満足していないのは明らかだったし、『わかりづらい』としつこく言っているのもわかったから、わかりやすく改稿したんじゃないか」

「え、バレてたんですか？　言葉を選んだつもりだったんですけど……」

曽根は驚いた様子だった。

「私は小説家だ。行間に滲《にじ》んだ感情くらいよくわかるよ。正直にいえば、あまりにもわかったのでメールを読んで憤慨した」

「それはすみませんでした。もしかして今回の改稿も、僕への当てつけですか？」

「当てつけなわけがあるか。一度は憤慨したが、君の言うことにも一理あると思ってわかりやすく改稿したんだ。私の作品は、かなりの前提知識を必要とするからな」

「僕、めっちゃ感動してます」

曽根は今にも泣きそうな声でそう口にする。「先生が読者に歩み寄るお気持ちを持っていたことを知れて、めちゃくちゃ嬉しいです」

「そうか?」と言いながら、満更でもない気分だった。情報の補足をしただけでこれだけ喜んでもらえるのならば、今後ももう少しこの方針を続けてみてもいいかもしれない。

「やっぱりどこか偉そうっていうか、わかるやつだけわかればいいっていう上から目線っていうか、そういう感じが出てしまっているのが先生の作家的な限界だと思っていたので」

「そこまで言うか?」

「言っちゃいます。はっきり言って、選民思想というか、デスゲームの主催者みたいな偉そうな感じがあったので。でも、先生が読者のことを考えるようになれば、まさに鬼に金棒です。人気作家になることだってできると思います」

ずいぶん失礼なことを言われたが、不思議と自分でも否定することができない。デビューから十七年、その間に九冊の本を出したが、重版の経験は一度もない。

「君、ずいぶんと失礼なことを言うね。とはいえ、君が冒頭部分の改稿に満足してくれたなら、この方針で全編改稿してみるよ」

と、機嫌の良くなった私に、曽根が「それは論外です」と水を差した。「先生が『わかりやすく書こう』としてくれたことに感動しただけで、改稿の方針は間違ってます。これでは改悪です。はっきり言って、初稿の方が数倍マシです」

「どういうことだ?」と私は聞く。「わかりやすくなっただろう? 君が求めていたのは、わかりやすい原稿じゃなかったのか?」

「わかりやすいことと、なんでも説明することは違います。なんでもかんでも説明すれば、読者が先生の文章を『自分のもの』として摑みとることができなくなってしまいます」

「だから、読者が摑みとりやすいように、やり方を教えてやったんじゃないか」

「何もかも教えることが正しいわけではありません。そうですね……先生は将棋が好きですよね?」

「そうだ」

「初心者に将棋を教えるときのことを考えてください。先生がやっているのは、『次は7五の歩を7六に動かせ』とか『次は7九の銀を6八に動かせ』とか、どういう手を打つべきかすべて教えているようなものでして、先生の言うとおりに駒を動かして相手に勝っても、教わった人は何も楽しくありません」

「ふむ……」

「初心者に将棋の楽しさを教えるような気持ちで……そうですね、『おもてなし』の精神で改稿してください。もちろん、『俺について来い!』というタイプの小説には、そういう小説でしか味わえない魅力もあります。先生が得意としている小説です。でも今回は、『おもてなし』に徹してください」

「そんなことを言われても、どうすればいいのか……」

「どうすればいいのかを考えるのが仕事でしょう？　僕は編集者にすぎないので」

曽根は「それじゃあ、よろしく頼みますよ」と言って電話を切った。

電話が切れたあと、私は書斎の机を前にして、同じ姿勢のまま一時間ほど固まっていた。

メールを読んだときのように、怒ったわけではない。困ってしまったのである。

曽根は私の改稿を「論外です」と言っていた。「初稿の方が数倍マシ」とまで言われてしまった。そこまでボロ糞《くそ》に言われても、不思議と腹は立たなかった。「将棋」の例え話が腹落ちしたから、という側面もあるだろう。たしかに私は、「読者のため」という考え方を履き違えていたようである。

とはいえ、具体的にどうすればいいのかもわからない。わからない以上、「エデンの東」のどこに問題点があるのかを今一度考える。

「エデンの東」は、甲斐と阿部という、二人の軍人をめぐる話である。

教導団で同期だった二人は、互いに家族を失った過去を持っている。甲斐は浜田地震で両親を失い、叔父の家で愛情を受けずに育った。阿部は両親が離婚し、継母《ままはは》と合わずに家出するように教導団へ入っていた。

甲斐は、浜田地震で両親が亡くなったのは自分のせいだと考えている。自分が熱を出したことで祖父母の家で過ごす日程が延び、そのせいで震災に巻きこまれて両親が亡くなってしまった。

二人は共に盆休みの帰省先がなかったことで仲良くなる。お互いの身の上を明かし、頼るべき家族がいないことを話す。そうして二人は西南戦争へ向かう。

田原坂で、二人は中隊長から突撃命令を下される。二人は横並びで田原坂を突撃する。甲斐の右を進んでいた阿部が、薩軍の銃撃を受けて死亡する。

切り傷を負い、軍団病院へ後送される途中、甲斐は「たまたま右側を進んでいただけで死んだ阿部」と、「たまたま生き残った自分」の運命について考える。

本作は『創世記』のカインとアベル兄弟を下敷きにした話でありながら、真の意味で問いかけたいのはサバイバーズ・ギルトについてだ。甲斐は地震で両親を失った。そして、西南戦争で阿部という親友を失った。自分が生きているのが偶然なら、大切な人が死んだのも偶然だ。しかし人間は、偶然の中に必然を見つけてしまう。甲斐は自分が生きている現実を「恥ずかしく、受け入れ難いことである」と考える。被災者が抱える「自分だけ生き残ってしまった」という苦しみを、甲斐という人物を通じて考えてみてほしい、という思いで執筆した。

小説とは実に残酷である。「誰も置き去りにしない」と決めて書いた小説は説明過多となり、逆に読書の楽しさを奪ってしまう。「誰にでも伝わる文章」と「知っている人がうんざりしない文章」は、ある程度の部分から両立しなくなってくる。「わかりやすいこと」と「蛇足であること」は紙一重なのかもしれない。

では、小説における「おもてなし」とは何だろうか。

自分が読んでいて、気持ちのいい小説とは、「自分に向けられて書かれている小説」である。まず「面白い」と思う。そして「面白い」と思う読者の総体が小さければ小さいほど、「自分に向けて書かれている」と感じる。つまり、「おもてなし」とは、何もかも説明して、誰が読んでも一意に定まる小説を書くことではない。それぞれの読者が「自分に向けて書かれている」と感じられるような小説のことである。私が試みるべきなのは、本を手にとった読者のうち、可能な限り多くの割合が「自分に向けて書かれている」と感じられるような小説を書くことなのだろう。

もちろん、小説の魅力が「おもてなし」だけにあるわけではない。読者がどのように作品を楽しむかは千差万別で、「面白い」の定義はそれぞれ異なっている。「おもてなし」は小説のすべてなどではない。デスゲームの主催者的な小説にも、きっと需要は存在する。

ただ、今回ばかりは、曽根の言うことを聞いてみるのもいいかもしれない。これまでずっと貫いてきたやり方を一度崩して、徹底的に読者のことを考え抜く、という小説を書いてみるのだ。

最初、僕は阿部のことが嫌いだったんだ。とても。なんでだろう、きっと阿部の両親がまだ生きているからかな。

僕と阿部は同い年で、二人とも小学五年生のときにひかり学園にやってきた。僕の方が三日だけ早かった。何月だったっけ。地震があって、そのあと父方の祖父の家に行って、祖父が体調を崩して入院することになって。当時のことはあんまり覚えてないけど、ひかり学園に入ったのは九月か十月だったと思う。阿部は僕の三日後にやってきた。僕たちは二人とも無口だったから、しばらく口をきくこともなかった。

最初の何ヵ月かは、ほとんど話をしなかった。年齢も一緒だったので、僕たちは施設内で「双子みたいだ」とか言われたりしたんだけど、僕はそれが嫌だった。顔だって全然違うし、身長も僕の方が高かったし、何より阿部はお父さんもお母さんも生きてて、正月に帰る家があった。帰る家があるってことは、いつか施設から出ていって元の暮らしができるようになるってことでもあって、だから僕は阿部のことが嫌いだったんだと思う。僕はもう、どこにも行き場所がなかった。

当時の僕は、阿部のことも、施設の他の人のことも嫌いだったけど、何より自分のことが一番嫌いだった。僕が熱を出したせいで帰省の日程が一日ずれて、そのせいで震災に巻きこまれて、両親が亡くなって。ほとんど会ったこともない父方の祖父の家で生活することになったんだけど、祖父はきっと僕を預かることのストレスで病気になってしまって。僕のせいで、みん

ながが不幸になっている――そんなことばかり考えていた。

当時は阿部の家庭の事情なんて知らなかったけど、お父さんもお母さんも生きていて、施設まで会いにきてくれる人がいて、正月に帰る家があるってだけで、僕よりもずっと恵まれていると思ってた。それなのに、いつも無口で暗そうにしているのも許せなかった。

今回のチャリティー企画には若い人気作家が数多く参加するという。必然的に、読者も若い人が多くなるだろう。彼らが「自分に向けて書かれている」と感じられるよう、コンセプトはそのままにして、舞台を現代に移し替える。そして、時系列を「出来事が発生した順」に並べ替え、今何が起こっているのかをわかりやすくする。たったそれだけの操作で、必要とされる説明の量も減る。

「甲斐の想いと読者の想いを重ね合わせる」ということが目的なのであれば、人称も一人称にした方が読みやすいだろう。読者は甲斐の視点で物語へと入っていく。

冒頭の改稿が終わったら、次は甲斐と阿部が仲良くなるシーンだ。元の作品では、配属先の小倉で盆休みになり、兵舎に残された甲斐と阿部が一緒に日課の訓練をこなす場面だった。これを現代に移し替えなければならないだろう。

僕たちが仲良くなったのは小六の夏だ。

雲ひとつない猛暑の日だった。親戚のいない僕は、お盆もひかり学園に残って、僕みたいに帰る家のない他の三人の子どもと、施設の小さなグラウンドでサッカーをしていた。僕は小一からずっと地元のクラブでサッカーをしていて、地域の選抜チームに入るくらい一生懸命やってたんだけど、震災以降はすっかりやめてしまっていた。それでも施設のグラウンドでたまに年下の子どもたちと一緒に遊んだりもしていて、その日も他にすることがなくてずっとサッカーをしていたんだ。

僕一人で、三人の子どもを相手にミニゲームをしていたら、突然誰かに肩を叩《たた》かれて、振り向いたら阿部が立っていた。

「仲間に入れて」と阿部が言った。

まだお盆のど真ん中だったから僕は驚いてしまって、「なんでいるの?」と聞き返した。

「逃げてきた」と阿部は答えた。

僕は「あっそ」と言って、阿部にボールをパスした。阿部はそのボールをすくいあげて、両肩で交互に弾いてから、頭を下げて首の上に載せた。子どもたちが「すげえ」と口にしたのに気をよくして、首の上に載ったボールをふわりと浮かし、お腹《なか》とTシャツの間で挟んで「小竹《こたけ》先生」と口にした。小竹先生は施設の自立支援担当の人で、妊娠して夏から休暇をとっていた。

子どもたちが笑って、つられて僕も笑った。僕が「サッカーやるの?」と聞くと、阿部は

「地元じゃ敵なし」と答えた。

その日から、お盆が終わってみんなが帰ってくるまで、僕たちは何時間も一対一をやり続けた。阿部はテクニックがあったけれど、僕の方が体も大きいし足も速かった。僕は自分が七対三で勝ってたと思っていたけれど、阿部も自分が七対三で勝ってたと主張していた。

夏休みが終わって新学期が始まってからも、僕たちは学校から帰ってくるとひたすら一対一を続けた。

阿部はひかり学園にやってくる前と同じ隣町の小学校に通っていたから、僕と違う学校だったんだけど、翌年の四月から僕たちは同じ中学校に通いはじめた。一緒にサッカー部に入って、一年の秋から僕が右サイドバックで、阿部は右ウイングで試合に出るようになった。阿部の家庭について聞いたのもそのころだった。五つ年上の兄がいること。両親が離婚してお母さんが家から出ていったこと。お父さんに「これ以上お前たちの面倒は見られない」と言われたこと。兄と一緒に家から逃げだして、そのまま交番に駆けこんだこと。兄は施設に入らず、高校を辞めて自立していること。


さて、問題はこのあとである。

元の作品では、このあと甲斐と阿部は西南戦争に向かう。しかし、現代には王政復古もないし征韓論もないし不平士族もいないので、したがって西南戦争が存在しない。

本作の肝はサバイバーズ・ギルトにあって、そのためには僅かな「偶然」によって甲斐と阿部の二人の運命が——生死が——わかれる必要がある。

何時間も頭を抱えてから、私は曽根に言われた悪口を思い出した。

偉そう。上から目線。選民思想。デスゲームの主催者。

デスゲームの主催者——これだ。

甲斐と阿部の二人はひょんなことからデスゲームに参加することになる。主催者の名前は小笠原——つまり私だ。二人は「小笠原」という、偉そうで上から目線で選民思想の持ち主である主催者に招かれ、熊本で開催されたデスゲームに参加する。最後まで残った二人は最終ゲーム「田原坂登り」を行う。


「これはこれは、お見事です」

モニターにお面を被《かぶ》った小笠原の顔が映しだされた。「この最終ゲームまで到達したのはあなた方が初めてです。まさかあの植木坂ステージを突破し、煮えたぎった抜刀隊を倒してしまう人が現れるとは……」

小笠原が両手を叩き、ゆっくりと拍手をする。

「あなた方は本当に素晴らしい。それだけに——実に残念だ。この最終ゲームで、あなた方のどちらかが死んでしまうのですから」

阿部がモニターの前まで走っていき「ふざけるな！」と叫ぶ。「どうしてこんなことをさせる？　これだけの数の人々が死んで、いったいなんの意味があった？」

「意味？」と小笠原が笑う。「意味ですか。あなたは実に面白いことを言いますね。あなたは今の日本に満足しているというのですか？　中央政府が富を溜め込み、貧しい者との格差は広がるばかり。そんな世界が正しいとでも？」

「だからといって、無実の者の命まで奪う必要はない」と阿部が反論する。

「奪われたのは私たちだ！」

突然、小笠原が怒鳴った。「『富国』の名の下に俸禄《ほうろく》を奪い、『近代化』という名目で無条件に西欧文化を取り入れ、抵抗する者を権力によって押さえつけ、私たちが作りあげてきたものを奪っていったんだ！　これはある種の復讐《ふくしゅう》なのです。奪われた者たちによる、世界への復讐です」

「そんなことに俺たちを巻き込むな」

「戯言《たわごと》はこの坂を登ってから言いなさい！」と小笠原が一喝する。「最終ゲームは『田原坂登り』。ルールはいたって簡単です。薩軍の亡霊たちによって守られたこの要害、田原坂を無事登りきってください。先に登りきった者が勝者です」

「敗者はどうなる？」と阿部が聞く。

「当然、この場で死んでもらいます。それではゲームスタート」

唐突にモニターが消える。阿部が「ふざけるな！」とモニターに殴りかかり、液晶が割れる。「こんなこと、許されるわけがない！」

ずっと黙っていた僕は「任せろ」と阿部に声をかける。

「何を任せるっていうんだ」

「僕が先に行って、道を切り拓く。阿部は後ろを走ってくれ」

「それじゃあ甲斐が危険だ！」

「もう十分なんだ。僕はいろんな人を犠牲にしてここまで生きてきた。もう十分なんだ。僕のぶんも生きてくれ」

「そんなこと……できるはずがない……」

甲斐は自分で口にした通り、田原坂を先行して走っていく。途中で薩軍の亡霊に切りつけられながらも、決して歩みを止めない。切り立った崖によって、道がもっとも狭くなっていた箇所に西郷隆盛の亡霊が立っている。甲斐が西郷を止めようと一歩進んだとき、後ろから阿部が甲斐を摑み、そのまま押し倒す。阿部は西郷の間合いに入り、そのまま刺されてしまう。血を吐きながらも、阿部が「先に行け……」と口にする。甲斐は「嫌だ」と首を振るが、阿部が「先に行って、俺のぶんまで生きろ！」と叫ぶ。

甲斐は最終ゲームでも生き残ってしまう。「おめでとう」と口にした小笠原に摑みかかり、そのまま首を絞める。

一人になった甲斐は、自分が生きていることの意味に想いを馳《は》せる……。

私は完成した原稿を曽根に送った。一時間後、曽根から電話がかかってきた。

「思い切りましたね」と曽根は言った。「先生が現代を舞台にした作品を書いてくるとは……」

「で、どうだったんだ？」と私は聞く。「『おもてなし』はできていたか？」

「ばっちりです」と曽根が言う。「めちゃくちゃ読みやすかったですし、今回の原稿で先生の狙いがよくわかりました」

「そうか、それならよかった」

「『読みやすさ』は読者に依存します。誰が読むのか、誰に届けるのか、という点と、どう書くのか、何を書くのか、という点が一致したとき、小説の持つパワーがもっとも高くなるんだと思います。そういう点で、先生はきちんと読者のことを考えていると感じました。ですが――」

「まだ何かあるのか？」

「あります」と曽根が言う。「はっきり言って、このままでは掲載できません」

「どうしてだ？『おもてなし』はできていたんじゃないのか？」

「『おもてなし』の精神を感じることはできたのですが、盛られた料理に問題があります」

「料理？」

「食事に招待した読者に対し、初めて自分が食べたいものではなく、相手が食べたいと思っているものを提供しようとしました。ですが、そのメニューに問題があるのです」

「どう問題があるのだ？」

「前菜はとても良かったのですが、問題はメイン料理です。デスゲームは余計でした。和食のフルコースのメイン料理がハンバーガーでは、読者は満足しません」

「デスゲームはみんな好きだろう？」

「デスゲームを求めているときに提供されれば喜ぶ人も多いでしょう。でも、先生の場合はあまりにも唐突です。そもそも、甲斐と阿部がサッカーをやっていた、という設定も活《い》きていませんし」

「じゃあ、デスゲームとサッカーを掛け合わせるというのはどうだ？」

「それだと弊社ＩＰである『ブルーロック』と被ってしまいます」

「どうすればいいっていうんだ？」

「それを考えるのが小説家の仕事でしょう。もう少しです。頑張ってください」と言って、曽根は電話を切ってしまった。

　私は再び何時間も頭を抱えてから、今回の改稿によって、「サッカー」以外にも活きていない設定があることに気がついた。カインとアベルという兄弟の話だ。

　カインとアベルの二人は、神へ捧《ささ》げ物をする。アベルの捧げ物は受け入れられたが、カインの捧げ物は受け入れてもらえなかった。カインの恨みはアベルへ向かい、結果としてアベルを殺してしまう。そうしてエデンの東に追放されたカインは、何を想ったのだろうか。

甲斐と阿部の二人は同じ高校へ進学し、どちらもプロサッカー選手を目指す。最後の大会で甲斐は大怪我《けが》をしてしまい、大学へのサッカー推薦が白紙になる。代わりに、阿部がサッカー推薦で進学する。施設出身でプロを目指す阿部には多額のカンパが集まる。施設を出て、フリーターとして生活しながら、甲斐は阿部に対して複雑な想いを抱く。

神の恩寵《おんちょう》を受けることができず、サッカーの道を失った甲斐は、エデンの東に追放されたカインなのではないか。

私は自分の原稿を通じて、これまで考えたこともなかったことを考えていた。チャリティー企画と聞いて『創世記』を利用しようとしたこと、その原稿が「わかりにくい」と言われたこと、「わかりやすさ」を安直に求めて再度没にされたことが思わぬ化学反応を生んだのである。読者について、登場人物について、作品のモチーフについて。それらの問題が重なり合い、響き合い、「エデンの東」という小説が導いてくれる新たな地点で景色を眺めている。

正しく読者を「おもてなし」した作品は、見たことのない場所へ連れていき、作者をも「おもてなし」してくれるのではないか。次こそは曽根も納得してくれるのではないか、という手応えを感じながら、私は三度目の改稿を進めていく。

人新世爆発に関する最初の報告

佐藤究

カロイと呼ばれる十一歳の少年は、フィリピン共和国ルソン島北西部にあるイロコス・ノルテ州のカワヤン村に暮らしていた。そこは小さな漁村だった。カロイは少年の愛称で、本名はカルロス・ロサレス・セデーニョといった。

＊　＊　＊

小学校からの長い帰り道を歩いてきたカロイは、カワヤン村に着くと母親の姿をさがした。母親は魚網などを保管する村の共同倉庫の裏手にいて、生のジャックフィッシュを大型のナイフで切りわけようとしているところだった。カロイは母親のもとに駆け寄ったが、すぐには声をかけなかった。母親がナイフに体重をかけて、作業台に載せた魚の頭と胴体をひといきに切り離すのを見守った。

切り落とした魚の頭を皿に移した母親は、バケツに溜《た》めた水でナイフについた血を洗った。ナイフを持ち直したとき、そばに立っている息子に気づいて、お帰り、と言った。

カロイは母親を見上げて言った。父ちゃんと兄ちゃんは、もう漁から帰ってきた？

まだ帰ってきてないよ。かなり沖に出てるからね。

魚、たくさん獲《と》れるといいね。

だといいけど。きっとむずかしいよ。

母ちゃん、ジャックフィッシュの切り身に蠅《はえ》が寄ってきてる。おれが追い払ってやるよ。

なんの話なの。

え？

なにか話があるんでしょ。

――あのさ、母ちゃん。色鉛筆を買ってよ。おれだけ持ってないんだ。

あんたは持ってなくても、友だちが貸してくれるんでしょ。なんて子だっけ。

もうあいつは友だちじゃない。

なに、また喧嘩《けんか》しちゃったの？

五色だけでいいんだ。買ってよ。カロイは右手の五本の指を広げてみせた。

ふたたび母親は力を込めて魚の胴体を骨ごと両断し、まな板に達したナイフの刃が乾いた音を立てた。切り身を皿に移し、寄ってくる蠅を払いのけて、母親は言った。カロイ、あんたのお弁当を用意するだけでも大変なんだから、無茶言わないで。

弁当はいらない。色鉛筆を買って。

お昼を食べなかったら、あんた倒れるでしょ。

倒れないよ。

倒れるのよ。

お願いだから買ってよ。

カロイは泣きたい気持ちになったが、自分よりも先に家のなかで幼い妹が泣きだす声を聞き、力なく肩を落とした。

母親はナイフを動かす手を止め、バケツの水で手を洗った。今月はとくにお金がないの。母ちゃんは忙しいから、あとでお兄ちゃんと話しなさい。

母親に蠅のように追い払われたカロイは、村のそばにある砂浜に行き、サンダル履きの足で砂を何度か蹴りつけた。それからお気に入りの岩の上にすわって、海を見つめた。海は空を映しだすように青く光っていた。毎日少しずつ表情を変えるようでいて、永遠に変わらないような西フィリピン海の眺望。

カロイは正面の離島に視線を定めた。およそ三・五キロメートル先の海上に、南北に伸びる小さな無人島が見えていた。カワヤン村の村民は全周八十メートルにも満たないその島を、イロカノ語で〈新聞島《しんぶんじま》〉と呼んでいた。

――日本軍の占領が終わった翌年の一九四六年、ライフルを持った一人の白人の男が、誰もいないその島に住み着いた。アメリカ軍からの脱走兵ではないのかという噂《うわさ》も流れたが、村民には事実を知るすべがなかった。男は孤絶した生活を送り、しかし月に一度、英字新聞を買うために手漕《てこ》ぎボートに乗って海を渡ってきた。当時の村には小さな売店があり、英語とタガログ語の新聞を売っていた。せっかく売店に来たにもかかわらず、男は酒も薬も食料も買わず、ただ英字新聞だけを買って島に戻った。とにかく新聞しか買わなかった。それでいつのまにか、男の住みついた島が新聞島と呼ばれるようになった。

やがて白人の男は姿を見せなくなり、村の漁師たちは相談しあって、数人で恐るおそる新聞島に上陸し、男をさがした。小さな島には質素な生活の痕跡と変色した新聞の束があったが、男の姿はなく遺体も見つからなかった。緑の生い茂った小さな島は、かつての無人状態に還《かえ》り、俗称だけが残された。

ルソン島の大きさにくらべれば芥子粒《けしつぶ》ほどでしかない新聞島に、カロイは一度でいいから行ってみたいと思っていた。誰かの漁船《バンカ》で連れていってほしかった。だがバンカを持っている村の漁師たちは小さな離島などに興味がなく、誰もが無価値だと考えていた。カロイの父親も同じだった。父親はカロイにこう語った。あの島には本当になにもない。鳥も巣を作らんし、ちっぽけなカニが這《は》っとるだけで、おまけにやっかいな暗礁に囲まれとるから、下手に近づけば船底に傷がつく。

——カロイは新聞島の影を見つめ、大きなあくびをして、悲しくもないのに滲《にじ》んできた涙を手で拭った。サンダルを脱いで枕がわりにし、岩の上に大の字になった。穏やかな潮風を浴びて、空を漂う巨大な雲を仰ぎ、目を閉じた。

カロイが目を覚ましてからだを起こすと、村の漁師たちの乗ったバンカがつぎつぎと沖から戻ってくる様子が見えた。両舷側の浮き木で縦長のカヌーを安定させているダブル・アウトリガー式漁船の群れ。カロイは岩の上に立って、近づいてくる船外機のうなりを聞きながら、父親と兄をさがした。


カロイはだらだらと砂浜を歩き、兄のもとに向かった。

兄は自分のバンカを陸に引き上げて、船体の小さなひびを接着剤で補修していた。

その兄の姿をカロイは少し離れた場所から見つめ、両手で自分の着ているTシャツの裾を持ち上げて、吹いてくる潮風を内側に取りこんだ。Tシャツの腹が風を受けた帆のように膨らんだ。


どうした。カロイの兄が先に口をひらいた。

母ちゃんが、あとは兄ちゃんと話せってさ。カロイは兄に歩み寄った。

何を話すんだよ。

おれが母ちゃんにお願いした話。

そうか。補修作業を続けながら兄は言った。願いは胸にしまっておけ。

色鉛筆を買ってほしいって頼んだけど、無理だった。

うちに金がないのは本当の話だ。

たった五本、五色でいいんだよ。

学校で使うのか。

イロコス地方の地図を塗りわけて提出するんだ。おれたちのいるイロコス・ノルテ州と、イロコス・スル州と、ラ・ウニオン州と、パンガシナン州。

それだと四色で足りるだろ。

あと一つはラオアグ。

ラオアグもイロコス・ノルテなんだから、同じ色で塗りゃいい。

おれたちの州都だから、特別なんだよ。

カロイの兄はバンカに渡した竹の腕木を撫《な》でた。そして六歳下の弟を見て言った。赤なら手に入る。ジャックフィッシュの生き血でどうだ。

カロイはため息をついた。兄ちゃん、どうしてうちにはこんなに金がないんだろうね。

ガキのくせに知ったふうな口をきくな。

魚が獲れないんだったら、餌をもっと撒《ま》けばいいのに。

そいつはいい考えだ。おまえを釣り針の先に引っかければ、でっかいサメが釣れるかもな。

そう言ってカロイの兄は笑ったが、うなだれて砂浜にすわりこんだ弟の姿を見ると真顔になった。カロイ、魚が獲れなくなった理由はいくつかある。だけど餌が少ないからじゃない。

そうなの?

昔よりも水温が上がってきて、卵から出てきたばかりの稚魚が死ぬ。結局、水温が漁獲量に影響するんだ。学校で習ってるんじゃないか?

なんで水温が上がるんだよ。

おまえ、授業中ずっと寝てるんじゃないだろうな。

寝てないよ。

授業中に起きてたら、地球温暖化くらい聞いてるはずだ。

おれ、ちゃんと起きてるよ。

まあいいや。兄は首を横に振った。水温が上がるのは地球温暖化のせいだ。人間の活動が原因だよ。

それって車の排ガスのことだろ。

排ガスもあるし、ほかにも要素はある。カロイの兄は砂浜を見渡して、どこかに転がっているはずの透明な容器をさがし、ほどなくそれを見つけた。たとえばカロイ、あのごみを見ろ。

ごみって、あのペットボトルか。

ペットボトルのPETって、どういう意味か知ってるか。

ペットはペットだよ。

ポリエチレン・テレフタレートの略だ。プラスチックの一種。

なんて言った?

ポリエチレン・テレフタレートと言った。

ポリレチエンエレフタート。

いいか、カロイ。ペットボトルみたいなプラスチックごみを燃やすと、ガスが出る。車の排ガスと同じ、温室効果ガスってやつが。

兄ちゃん。

なんだ。

だんだん思いだしてきたよ。そんな話、学校で聞いた気がしてきた。

おまえは歩いて帰ってくるあいだに全部忘れちまうからな。学年の成績はまだ最下位なのか。

今はちがうよ。

とにかくな、この世界では毎日すさまじい量のプラスチック製品が作られて、すさまじい量のプラスチックごみが燃やされて、昔は起きなかったいろんなことがあれこれ起きて、ついには地球全体の気温が上がるところまで来てるって話だ。まったく壮大なスケールだよな。おかげでジャックフィッシュは獲れないし、おまえは色鉛筆すら買ってもらえない。

プラスチックを作らなきゃいいじゃないか。

今度ラオアグに行ったとき、町で売っている商品をよく見てみろ。プラスチックで作られたものばかりだ。世界はプラスチックの海に溺れちまってる。

だけど、バンカはプラスチックじゃないよ。

そうだな。おれたちの船は木製だよ。船外機の部品にはプラスチックが使われてるけどな。

プラスチックのカヌーもある？

ある。南のほうの浜で観光客が乗ってるのは全部そうだ。

ゴムボートはプラスチックじゃないよね。

いや、あれもプラスチックだ。ＰＶＣだとか、そんな素材でできているはずだ。

ＰＶＣって。

ポリ塩化ビニル。

兄ちゃん、やっぱり頭いいな。学校やめないで欲しかったよ。

おれが学校に戻るから、代わりにおまえが漁師をやってくれよ。

カロイはなにも答えずに、砂浜に打ち上げられたペットボトルをじっと見つめた。それからこう言った。兄ちゃん。おれ、いいこと思いついちゃったよ。接着剤を少し分けてよ。ちょっとでいいから。


砂浜で兄と話した翌朝、寄り道しても午前七時の小学校の始業に間に合うように、カロイは午前四時に家を出た。

カワヤン村から小学校まで、カロイは毎朝二時間近くかけて徒歩で通っていた。いっしょに登校する友だちはいなかった。同い年の子どもは村に二人いたが、文房具や弁当を用意するだけでも家計を圧迫するので、親が学校に通わせていなかった。

カロイは背負った中古のスクールバッグのなかに、教科書と二本の鉛筆を入れていた。消しゴムは持っていなかった。ほかに水の入った水筒と、母親に持たされた弁当箱を入れていた。弁当箱の中身は、わずかな白飯と干し魚の切れ端で、給食制度のないフィリピンの小学校では、それがカロイの口にする昼の食事のすべてだった。その弁当さえ持たされない日は、水だけを飲んでやりすごした。


サンダル履きで海辺を南下し、小学校をめざしながら、ときおりカロイは暗い海を眺めた。さざなみは見えず、新聞島の影も見えなかった。海はまだ眠っていた。カロイの眼前に広がっているのは、西フィリピン海という名で呼ばれる以前の、神秘的ななにかだった。黒々とした、やわらかい感じのする巨大な闇のかたまりが、どこまでも広がって静かに息をしていた。

東の空から届いてくる薄明かりを頼りに、カロイは砂浜の漂着物を物色しはじめた。流木や貝殻に交ざって、人間の捨てたごみが落ちていた。村から遠ざかれば遠ざかるほど、波打ち際で風に吹かれているごみの量は増えていった。


小学校のある町が見えてくるころには、空はすっかり明るくなっていた。闇に溶けていた西フィリピン海が姿を現《あら》わし、水平線が世界を水と空の二つに切りわけた。

砂浜に立つカロイは、海を漂流してきた大量のプラスチックごみが朝日を浴びてあざやかに光を放つ様子を眺めた。

レジ袋。ペットボトル。ペットボトルのキャップ。使い捨てコップのふた。シャンプーの容器。シャンプーの個包装袋。ストロー。フォーク。コップ。マドラー。スプーン。歯ブラシ。歯間ブラシ。洗濯バサミ。インスタントコーヒーの容器。インスタントコーヒーの個包装袋。紅茶のティーバッグの個包装袋。ビニールシートの切れ端。破れたレインコート。手袋。ライター。錠剤のケースに使われるブリスターパック。浴室の排水口のヘアーキャッチャー。ビーチサンダル。腕時計のバンド。食品のテイクアウト容器。スナック菓子の個包装袋。

自然分解されずに時の流れを耐え抜くプラスチックごみたちが、みずからの創造主である人間にことごとく忘れられ、どこまでも砂浜を埋めつくしている道をカロイは進んだ。カロイが欲しかった色は、眼前の光景のなかにあった。赤《ナラバガ》、黄《ドゥヤオ》、緑《ベルデ》、青《アスル》、紫《イムビ》。五色のどれかに当てはまるプラスチックごみを拾い、スクールバッグのなかに放りこんでいった。

カロイが思いついたのは、ちぎり絵の手法だった。拾ったプラスチックごみを細かくして紙に貼りつければ、色鉛筆がなくてもイロコス地方の地図を色分けできるはずだった。

紫のプラスチックごみだけが、どうしても見つけられなかった。こんなにごみがあるのになんでだよ、とカロイは言った。潮の香りを嗅ぎながら、プラスチックごみを詰めこんだスクールバッグから水筒を取りだし、少しだけ水を飲んだ。喉をうるおして水筒のふたを閉じたとき、遠い波間で一匹の魚がいきおいよく跳ね上がるのを見た。魚は鱗《うろこ》をかがやかせて、鳥のように力強く空に向かい、しかし飛び立つことは叶《かな》わずに、あっけなく海に落ちて姿を消した。飛沫《しぶき》が白くきらめき、それもすぐに消えた。

雨季のルソン島に台風が近づいていた。イロコス・ノルテ州で警報予報が発令されると、カロイの通う小学校は休校になった。カワヤン村の漁師たちはバンカを安全な場所に移し、家が屋根ごと吹き飛ばされないように、できるかぎりの補強をして台風に備えた。

村は台風の直撃こそまぬがれたが、それでも豪雨に見舞われた。川が氾濫し、一軒の民家が押し流され、魚網などを保管する村の共同倉庫が浸水した。父親や兄たちはずぶ濡《ぬ》れになって表を駆けまわり、カロイもなにか手伝おうとしたが、外に出るなと兄に怒鳴られてあきらめた。

カロイは窓の外の猛烈な雨を眺め、恐ろしい風の叫びを聞きながら、足りない紫色のことを考えた。

台風が通過した翌日、夜明けの空は磨かれた一枚の青い皿のようにかがやいた。

小学校までの道中、カロイは紫のプラスチックごみを求めて砂浜を歩きつづけた。打ち上げられたごみの量は、台風が来る前よりはるかに増えていた。それにもかかわらず、やはり紫のごみをまったく見つけられなかった。どういうことなんだ、とカロイは吐き捨てた。紫の神さまがいるとしたら、おれはその神さまに見捨てられたのか。

鳥たちも羽を休めるほどの強い日射《ひざ》しのなかを歩くうちに、そもそも紫がどんな色だったのか、カロイにはしだいにわからなくなってきた。緑色のゴムボートを見つけたのは、そんなときだった。無人のゴムボートは赤ん坊があやされているように波打ち際で揺れていた。カロイはゴムボートに駆け寄った。船外機はなく、パドルもなかった。二人乗り。底面に硬い木の板が張ってあった。船体の表面を指で押すと、しっかりと押しかえしてくる。カロイは海を見渡した。人影はどこにもなく、さざなみが砕かれた鏡のようにひたすら太陽光を反射しているだけだった。

カロイは波打ち際からゴムボートを押しだし、浅瀬に浮かべて乗ってみた。かなりの安定感があった。子供の遊具ではない、大人用の立派なゴムボートだった。

だとしても、これで嵐の海に出る人はいないだろ、とカロイは思った。きっとどこかの岸に置いてあったやつが吹き飛ばされて、ここまで流れてきたんだろうな。

もう一度カロイは海を見た。それから振りかえって砂浜を見た。流木とプラスチックごみが散らばる眺めの向こうに、ほどよい草むらを見つけると、カロイはゴムボートを引きずってそこまで歩き、上下を逆さにして置いた。緑なのでもう少し周囲の草の色に溶けこめるかと思っていたが、砂の付着した船底はやはり目立っていた。カロイは流木を拾い集め、それらで船底をできるだけ覆い隠した。そしてゴムボートの横にひざまずき、目を閉じて船体に触れ、学校の帰りにここを歩いたとき、どうかこのゴムボートが残っていますように、と祈った。


一日たっても、ゴムボートは誰にも発見されなかった。そこにゴムボートがあるのを知っているのはカロイただ一人のまま、二日がすぎ、三日がすぎた。

四日目の午後、小学校での学習を終えて村に戻ってきたカロイは、砂浜に人が集まっている様子を目にした。妹を抱きかかえた母親の姿もあった。


急いで駆けつけたカロイが見たのは、波打ち際に漂着した一匹の大きなウミガメだった。沖合をさまよっていたプラスチック製の遺棄魚網《ゴースト・ギア》にからめ取られ、ひどく弱っていた。

遺棄魚網は本物の亡霊みたいに生き物を殺すから、おれたちは網を海に捨てたりしないんだ、カロイは兄にそう聞かされていた。だとしたら網を捨てたのは別の村か、別の島か、あるいは別の国の漁師のはずだった。

弱りきったウミガメは一メートルをゆうに超え、これまでカロイが見たどのウミガメよりも大きかった。村の男たちはまだ海に出ているので、女たちが複雑にからみついた遺棄魚網をハサミで切断し、ウミガメをなんとか助けようとしていた。

普段のカロイなら、ウミガメが海に還されるまでその場を離れなかったが、この日はちがっていた。母親たちの目がウミガメに集まっている状況を見て、村の共同倉庫へ向かって走った。

換気用の窓から倉庫に忍びこんだカロイは、壁の隅に並べられている木のパドルを一本盗みだした。古びたシングルブレードのパドルは、漁師たちが手漕ぎのバンカで海に出ていた時代の遺物だった。


小学校も漁も休みの日曜日、カロイは夜明け前に家を抜けだして、隠したゴムボートのもとへ向かった。薄暗いなかでゴムボートを茂みから引きずりだし、浅瀬まで運び、バンカ用の古いパドルをかかえて乗りこんだ。西フィリピン海に吹く風は穏やかで、波も高くはなかった。

父親や兄に見つかればひどく叱られるのは、カロイにもわかりきっていた。それでも漁師の魂であるバンカに勝手に乗るよりはよっぽどましだ、と思った。古いパドルは借りたけど、少なくともこのゴムボートはおれが見つけたおれの船なんだから。

いつも茫然《ぼうぜん》と眺めていた新聞島に上陸するために、十一歳の少年はゴムボートを漕ぎつづけた。小さな離島はカワヤン村の真西にあったが、村のかなり南の浜辺から出発したので、北西の方角をめざして進んだ。風は北向きに吹き、カロイの航海を後押ししてくれた。

カロイの乗った緑色のゴムボートは、なかなか新聞島にたどり着かなかった。もう二時間はパドルを漕いでるはずだ、とカロイは考えた。時計を持っていないので、空腹感の程度で推し測った。ついてくる鳥の群れを見上げ、パドルを握り、力を込めて漕ぎ、一羽《わ》残らず飛び去る影を見送ってさらに漕いだ。

ようやく新聞島の東岸が迫ってきても、カロイは上陸をあせらずに海中を観察しながら、慎重に漕ぎ進んだ。島を囲む暗礁にパドルの先が何度かぶつかったが、ゴムボートの喫水はバンカよりずっと浅いので、座礁する怖さはあまり感じなかった。危険に思えるのはむしろ、島の岸壁でときおり発生する大きな波飛沫《なみしぶき》のほうだった。あれを食らって転覆するのはまずいな、とカロイは思った。

船体ごと滑りこんで上陸できるような砂浜は見つからず、しかたなくカロイは頭上の岩場にパドルを放り投げた。それからゴムボートの先端に手をかけたまま、その岩場に乗り移って、疲れた腕に力を入れてゴムボートを引き上げた。

パドルを回収し、ゴムボートと並んで岩場から東を眺めると、普段の自分がすごしている村の浜辺が遠くに見えた。おれたちはやったぞ、とカロイはゴムボートに声をかけた。そしてゴムボートの船底を傷つけないように、岩場の上をゆっくりと引きずっていった。途中で小ガニの群れを見つけ、父ちゃんが言ってたのはこいつかとつぶやいた。カロイは波の届かない場所にゴムボートを移し、ふたたび岩場に戻って小ガニを追いかけた。散りぢりに逃げる小ガニの群れに交ざって、ヤドカリのような別の生き物が這っていく姿を見た気がしたが、はっきりとはわからなかった。カロイは一匹の小ガニを素手で捕まえ、必死に抵抗するハサミと脚をむしり取り、口に放りこんで殻ごと噛《か》みつぶした。

島をじっくり見てまわりたい気持ちもあったが、帰りの航海もあるので、あまり長居はしていられなかった。カロイは島の東岸を南に向かってできるだけ早足で歩き、紫のプラスチックごみをさがした。島への上陸を果たした今、色鉛筆の代用にする紫の獲得は、カロイにとって最優先事項になっていた。しかし、東岸に漂着しているのは流木や海藻といった自然物ばかりで、プラスチックごみはまったく見当たらなかった。潮の流れのせいなのかとカロイは考え、奇妙に感じながらも歩きつづけた。

島の南の突端に到達し、今度は西岸に回りこんで北上していった。すると急にプラスチックごみが目につくようになり、無駄足を踏まなかったことがわかって、カロイはとりあえず安堵《あんど》した。西岸を北上するにつれ、しだいにごみの数は増え、ルソン島の浜辺にはなかった漂着物に出会った。その一つは、優雅にきらめくラインストーンで飾られた腕輪だった。透明なラインストーンはガラス細工のようだったが、爪で弾くとプラスチックの感触がした。母親にあげようと思い、カロイは腕輪をポケットに入れた。

大量のペットボトル、キャップ、レジ袋、個包装袋などが波に洗われている岩場が見えてきて、しかもそこに点在する紫色が目に入ってくると、カロイは試合後に判定勝ちを告げられたボクサーのように、両の拳を高く突き上げた。

寄せてくる波に揺らめく紫のごみは細長く伸びていて、カロイの目には折れ曲がったプラスチック製のストローの束のように映った。ハサミを入れればすぐに細かくできる素材なので好都合だと思い、岩場に足を取られないように歩み寄り、ふいにその足を止めた。

紫のストローに見えたものは、みずからの意思で動いていた。それは生物の触手だった。長さ七センチメートルほどの紫色の触手が、岩場に漂着したペットボトルをかかえこんで揺らめいていた。触手をたどると小さな頭があり、その頭は直径十センチメートルばかりの丸い殻につながっていた。中心に向かって渦を巻く螺旋《らせん》状の殻のなかに、未知の生物の胴体は隠されていた。

　ちょっと大きなヤドカリなのかなとカロイは思ったが、明らかにヤドカリではなかった。じゃあヒトデだろうと思ったが、どう見てもヒトデではなかった。触手のある頭はイカやタコを連想させた。しかしイカやタコに殻はない。そしてヒトデにも。渦巻き状の殻の下側に脚が生えていた。片側に四本ずつ、計八本。カロイはクモやサソリの脚を思い浮かべた。

　手ごろな流木を手にして、かつて一度も目にした記憶のない生物に、カロイは恐るおそる近づいた。触手でペットボトルをかかえこんでいるので、容器に付着した海藻でも食べているのかと思ったが、そうではなかった。よく見れば、その生物はペットボトル自体を食べていた。触手の先端で容器を突き刺し、こともなげに砕いて口のなかに運んでいた。有害なごみとは知らずに食ってるなら気の毒だ、とカロイは思ったが、それ以上に触手の鋭さが彼を怯《おび》えさせた。

　危険を察してあとずさったカロイは、岩場のあちこちで揺らめく紫の触手に気づき、異様な光景に茫然となった。未知の生物たちが食べているのはペットボトルだけではなかった。あるものはキャップを砕き、あるものはレジ袋やシャンプーの個包装袋を引き裂き、あるものは遺棄魚網を切断して食べていた。岩場に漂着したガラス瓶にはまるで興味を持たず、流木や海藻なども完全に無視していた。

　――餌とまちがえてプラスチックを食ってるんじゃない。カロイは確信した。こいつらの餌がプラスチックなんだ。

　そう思ったとたん、反対側の岸に残してきた緑色のゴムボートが頭に浮かび、同時に兄の言葉を思いだした。

　いや、あれもプラスチックだ。ＰＶＣだとか、そんな素材でできているはずだ。

　カロイは恐怖に顔をゆがめて、ゴムボートまで急いだ。すでに二匹の未知の生物に接近されていたが、幸運にも船体はまだ食われていなかった。カロイは波間にゴムボートを放り、パドルをかかえて自分も海に飛びこんだ。ゴムボートによじのぼると、南風に流されるのも構わずに、懸命にパドルを動かした。

＊　＊　＊

　自然物と思いこんでプラスチックを誤食するのではなく、個体レベルでプラスチックを識別して摂食する生物群の爆発的な発生は、古生代に起きた〈カンブリア爆発〉にちなんだ〈人新世爆発〉の通称で知られる（正式には新生代第四紀完新世爆発）。

　カルロス・ロサレス・セデーニョは、プラスチックに依存する現代文明を根幹から揺るがした同現象の、最初の報告者となった。

夢見の太郎

今村翔吾

太郎《たろう》は草原に座って青い海を見つめていた。

潮の香りを含んだ風が頰を撫《な》でていく。水面《みなも》はさざめいて波が微《かす》かに白濁し、草木は文様を描くかのようになびく。

仕事が早く終わった時、太郎は決まってこの場所に来る。そして、陽が暮れるまでずっと茫《ぼう》洋《よう》たる海を眺めて時を過ごすのである。

必ず一人という訳ではない。いや、むしろ一人でないことのほうが多かった。

「やはりここだな」

そう言って、一人、また一人と集まって来るのだ。時には十数人になることもある。他愛もない話に花を咲かせたり、時には何も語らずに共に海を見つめたりすることもある。人が集まった時の形は何ら決まってはいない。ある時には、

「太郎、ちょっと聞いてくれぬか」

と、相談を持ち掛けられることもある。

太郎は己が知恵者だとは思っていない。相談されても何も解決策が浮かばぬこともある。そのような時は、

「そうか、そうか。それは辛《つら》かったな」

と、耳を傾けて相槌《あいづち》を打ってやることしか出来ない。

太郎はそれをとても申し訳なく思っているのだが、それでも相談する者は後を絶たない。思いの丈を吐き出すだけでも、気が楽になると言ってくれることが嬉しかった。

太郎は多くの人に慕われているものの、何者という訳でもない。小田中《こだなか》の海辺に住まう「入り江の左近《さこん》」という金持ちの下男に過ぎぬ。

左近は周辺の農民、漁民、猟師を束ねており、その上前をはねて財を成したという。太郎が生まれるずっと前、左近の父、その父、さらにその父の代にはすでにそうであったらしい。

太郎は母を知らぬ。いや、父も知らぬ。二十年ほど前、この入り江に一艘《そう》の小さな舟が流れ着いた。その中に幼子が一人。それが太郎であった。

太郎は漁民に拾われて、左近のもとに運ばれた。左近は下男にするつもりで育て、今に至るという訳である。

ある日、いつものように皆と語らっていると、

「おらは自分の田畑を持つのが夢だ」

と、同年代の下男が語った。それを皮切りに、

「舟を持って漁師になりてえ」

「美しい妻が欲しい」

「腹いっぱい飯が食ってみたい」

などと、銘々に夢を口にしていった。

その中、太郎は一々相槌を打ちながら、笑みを湛《たた》えて皆の話に耳を傾けていた。

「太郎も何か夢があるの？」

一人の下男が聞いた。まだ十歳ほどの若い若い下男だ。名を三太《さんた》と謂《い》う。父母を病で亡くして、五年ほど前に左近が拾って育てた。

「ある」

太郎は潮風の中で答えた。

「なあに？」

三太は若干、舌足らずな口調で尋ねた。

「それは言えないな」

「ずるい。皆、話しているのに」

「ごめんよ。いつか必ず話す。叶《かな》えるその時まで、胸のうちに秘めていたいんだ」

ふてくされる三太の頭をそっと撫で、太郎はふっと頬を緩めた。

今年も夏が過ぎ、秋が来て、冬となった。

小田中の冬は厳しい。いや、厳しいらしい。たまにこの地を訪れる旅人がそう語っていたに過ぎない。

　世にはもっと暖かい地もあるらしい。冬になっても一度も雪が降らないような暖かい地が。下男たちは俄《にわ》かには信じられない様子であった。それもそのはずで、誰一人として小田中の地から出たことが無いからだ。ただ太郎だけは、

――そうなのだろうな。

と、何となくそう思っていた。

　理由が皆無という訳ではない。太郎には流れ着く前の記憶があった。実は、父と母の顔は鮮明に覚えている。他にもこの地には無い荘厳な建物、数え切れないほど多くの人や馬、あるいは巨大な船。そして、凡《おおよ》そ己の身に何が起こったのかも理解している。

　確かにあそこは、小田中よりも随分と暖かかったはずだ。太郎はそのようなことを考えながら、努めて気の無いように見せながら、旅人の話に耳を傾けていた。

　大地がしばれるような冬が終わり、新緑が芽吹く春がまたやって来た。

「太郎、夢があるらしいな」

　主の左近が訊《き》いてきたのはそのような頃である。

「はい」

　他の者に対してそうであるように、太郎は迷いなく応じた。

「聞かせろ」

「申し訳ございません。今は誰にも言わぬと決めているのです」

「俺はお前の主だぞ」

左近は不快感を露わにして睨《にら》みつけた。が、太郎は黙する。それが答えである。

「その夢、俺が買ってやる」

左近は続けて言い放った。

「夢は買えるものではないかと」

「聞かせれば叶えてやるということだ」

「なるほど。しかし、己で叶えねば意味がありません」

「強情な奴だ」

左近は大袈裟《おおげさ》に舌打ちをして去っていった。

それから数日経った後、左近は再び同じように問い掛けてきた。が、太郎もまた同じ。己が胸に秘める夢を頑として語ることはなかった。

夏が来た。その頃、小田中に不穏な噂《うわさ》が流れ始めた。

――太郎が主を討とうとしている。

という、物騒なものである。

噂の源は、どうも左近らしい。

太郎は頑《かたく》なに夢を語らない。それは語らないのではなく、語れないからではないか。つまり不穏なことに違いない。主を討って身代を乗っ取るつもりではないか。

なるほど、太郎の周りにはいつも人がいる。皆を扇動して乗っ取りを成し遂げようとしているのではないか。

と、左近はどんどんと疑心を深めていったようである。

「夢を言え。これが最後の機会だ。言わねばお前を小田中から追い出す」

ある日、左近はいよいよ険しい顔で太郎に迫った。

「言えません」

「やはり俺を討つつもりだな」

「それは違います」

「嘘《うそ》を吐くな。ならば言えるはずだ」

「私が叶えるその時まで口にしないと決めただけです」

「ええい、埒《らち》が明かぬ。海に流すことになるが構わぬのか」

「はい」

脅しにも屈せず、太郎が毅然《きぜん》と言い切ったことで、左近は些《いささ》かたじろいだ。しかし、沽券《こけん》にかかわると考えたか、

「舟の支度をしろ！」

と、他の下男たちに大音声《だいおんじょう》で命じた。

舟が用意される中、下男たちは左近の目を盗んで、

「太郎、話したほうがよい」

「今ならば間に合う」

などと、こっそり忠告してくれる。

「ありがとう。でも決めたことだ」

太郎は囁《ささや》くように応じた。いよいよ舟が用意されると、

「太郎、話してよ！」

と、悲痛な声を上げたのは三太だ。滂沱《ぼうだ》の涙を流しながら訴える。それでも太郎はゆっくりと首を横に振った。

「駄目だ」

「何で……話せばいいじゃないか」

三太の言う通りだ。話したって別に良《い》い。しかし、口にしてしまえば、叶う前に霧散してしまう気がしてならなかった。それに左近の口振りである。

——その夢、俺が買ってやる。

左近は確かにそう言った。この時、太郎は初めて左近に怒りを覚えたのである。夢を買う。何と下品で、下劣な言葉かと——。

「最後に訊く。話すつもりはないか」

太郎が舟に乗り込んだところで、左近は白浜から語り掛けた。たったこれだけのことで、長年に亘《わた》って仕えた下男を追放することに、左近はいくばくかの心苦しさを感じているらしい。が、それ以上に猜疑《さいぎ》の念に蝕《むしば》まれている。疑心の恐ろしさを感じた。

「結構です。長年、お世話になりました」

揺れる小舟の上、太郎は深々と頭を垂れた。

左近は忌々しそうに歯を食い縛ると、

「流せ‼」

と、手を掲げて命じた。

舟が大海に向けて押し出される。渡されたのは幾らかの水と糒《ほしいい》、あとは櫂《かい》のみ。最初は波に揉《も》まれるままに、やがて太郎は櫂を手にした。

浜には戻って来ぬかと見張り続ける左近。他に共に生きた下男たち。火が点いたように泣きじゃくる三太の声が聞こえていたが、やがてそれも海猫の叫びに掻《か》き消《け》されていった。

三太は枯れた原に座りながら暗い海を睨みつけていた。齢《よわい》二十となった今年、小田中の地を未曾有《みぞう》の飢饉《ききん》が襲っている。

夏は長雨が続いたせいで、秋は毎日のように嵐が来たせいで、作物はまともに育たなかった。それは山でも同じようで、多くの獣も死に絶えてしまったらしい。これでは猟に出て肉を得ることもままならない。

残された道は漁だ。小田中には海がある。しかし、その一縷《いちる》の望みも消えかけている。冬、この小田中の海は白波が立つほどに荒れることがある。今年に限ってはほとんどがこの荒れ模様である。とてもではないが漁に出られない。

昨日、また下男の一人が飢えに苦しんで死んだ。まだ左近の屋敷《やしき》はましな方である。近隣の村々ではもっと多くの被害が出ているらしい。

「このままではゆかぬ」

左近は折しも滞在していた旅人に小田中の窮状を外に伝えて欲しいと頼んだ。小田中から出たことがない己たちよりは、左近はどれくらいか外のことにも詳しいらしい。

小田中から南へ、南へ、どこまでも村落が連なっており、ある所から東へ、あるいは西へも集落は続く。その中には、小田中とは比べ物にならぬほど大きな村もあるらしい。いや、それを国と呼ぶのだとか。

左近と旅人の会話から、三太は凡そそのようなことを知った。それがもう随分と前のこと。あの頃よりも被害は増している。

左近とて食い物を独占している訳ではない。肉置《ししお》き豊かであったその体軀《たいく》は、もはや別人の如《ごと》く痩せ細っている。

旅人が伝えてくれるかどうかは判《わか》らない。仮に伝わったとしても、何かが変わるかも判らない。小田中以外の村々でも同じような状態かもしれないのだ。

左近はせめて海だけでも鎮まってほしいと、僅かな供物を捧《ささ》げて神に禱《いの》り続けていた。

「三太……海を見ていろ」

禱りの合間、左近は力ない声で命じた。いつ神が聞き届けて下さるか判らない。己に海を見張っていろという訳である。

それで、三太はこうして海を眺め続けている。違う。睨み続けている。早く、早く、収まれと。

三太はぽつりと呟《つぶや》いた。

「太郎……」

時折、思い出す。十年前、この小田中から追い出された下男を。

不思議な人であった。他の下男とは違ってどこか気品が漂っており、人を何故《なぜ》か惹《ひ》きつける魅力があった。常に多くの人たちに囲まれていて、知らぬ者が見れば、左近ではなくこちらが主なのかと勘違いしただろう。

三太はそんな太郎が大好きだった。が、同時に大嫌いでもあった。左近の問いに遂《つい》に最後まで答えず、そのせいで己のもとを去ったからである。

十年前、三太は左近が何故あそこまで拘《こだわ》ったか解《わか》らなかった。しかし、今ならば解る気がし

ている。左近は太郎のことが、

――怖かった。

のである。太郎の夢は恐らく、疚《やま》しいものではない。それは左近も薄々解っていたはず。それでも一度浮かんだ疑念は消えないどころか、どんどんと大きくなっていったのだろう。それで、あのような次第となった。

一方、大人になった今でも、未《いま》だに解らないこともある。何故、太郎はあそこまで頑なに言わなかったかということだ。これはいくら考えても答えは出ない。

口にすれば、夢が霧散してしまう気がする。太郎はそう言っていたように思う。が、仮にそうであったとしても、自身の肉体が海の藻屑《もくず》となるよりは遥《はる》かにましではないか。

「どうだろう」

三太は打ち寄せる波の音の間に独り言ちた。

果たして、それはましなのか。己にも何か夢があったはずだ。しかし、それがどうもはきとしない。

腹いっぱい米を食うことだったか、自分の田畑を持つことだったか、それとも皆が吃驚《びっくり》するほどの大魚を釣り上げることだったか。

あったはずの夢が思い出せず、あったはずの夢が絞り切れず、茫《ぼう》と項《うなじ》のあたりを彷徨《さまよ》っているような気がしてならない。

そのような自分に比べれば、たとえ死んだとしても、太郎のように夢を胸に抱き続けたほうが幸せだったのではないか。そう思えてしまう時があるのも確かなのだ。

「え……」

三太は身を強張《こわば》らせた。厳密には腰を浮かしかけたのだが、空腹のあまりその力すら無かったというのが正しい。

今、彼方《かなた》に、空と海の境に、小さな影が見えたような気がしたのだ。三太はじっと目を凝らす。

気のせいだったのか。それとも鯨が跳ねたのか。いや、違う。灰色に霞《かす》んで見えにくいが、確かに海の上に影が浮かんでいる。

「あれは……船……なのか」

三太は愕然《がくぜん》とした。己たちが普段使っているものとは比べものにならぬほど、遥かに大きい。が、間違いなく船の形はしているのだ。

「一、二、三……」

三太は自然と指を動かして数えてしまっていた。よく見て気が付いたが、船は一艘ではないのである。全部で五艘、見たことも無いほど大きな船である。

さらにこの連なる船、横切るのではなく、こちらに向かっているような気がする。いや、間違いない。少しずつ船影が大きくなっている。

「来れるのか」

得体の知れぬ巨船。訝《いぶか》しむことよりも、その事が頭を占めていた。海面は隆起するほどにうねり、刻まれるかのように白波が立っている。

杞憂《きゆう》であった。波に揉まれて揺れてこそいるものの、五艘の船はしかと、海を割って近付いて来ている。

五艘の船は入り江に入ろうとしている。その時、三太はすでに曇天の下を駆け出していた。入り江に辿《たど》り着《つ》いたところで、

「うわ……」

と、三太は子どものような声を上げてしまった。大きいとは思っていたが、間近で見るとその迫力に圧倒される。

船の上に人影があった。向こうも気付いたらしく、己を指差しながら何やら叫んでいる。はきとは聞き取れないものの、全く知らぬ言葉という訳でもないことは判った。

船から縄が垂らされ、一人、また一人と浜に降り立つ。三太は不思議と恐ろしさは感じなかった。数人のうちの一人が近付いて来て、

「小田中の者か」

と、柔らかく尋ねた。

「はい。貴方《あなた》たちは……」

三太は言葉を呑《の》み込《こ》んだ。衆を割るようにこちらに歩んで来る人に、目を奪われてしまったのである。涙がこみ上げ、すぐに溢《あふ》れて頬に伝う。

「三太、久しぶりだな」

懐かしさが鼻孔につんと広がり、呻《うめ》きに似た声が漏れてしまう。潮風に吹かれながら、三太は何度も、何度も、頷《うなず》いてみせた。

船には米や麦が満載されており、浜に降ろされると、すぐに小田中の村々に運ばれていった。

村人たちが歓喜したのは言うまでもない。中には粥《かゆ》の入った椀《わん》を戴《いただ》くようにし、滂沱の涙を流している者もいたほどだ。

「飢えているところに、一度に沢山食べたら危ない。米ならばまた運んでくるので、奪い合うことはありません。ゆっくりとお食べ下さい」

船団を率いて来た長《おさ》が語り掛ける。これこそが十年前にこの地を去った太郎であった。太郎は身形《みなり》が整って見紛《みまが》うほどであったが、心はあの頃と何も変わっていないようで、村人たちを柔らかな口調で労《いた》わっていく。

「左近様、遅くなりました」

あの日、己を追い出した左近にも、太郎は優しい言葉を向けた。

「太郎……私は……」

「もうよいのです。よくぞ耐えてくださいました」

「すまない……」

左近は涙ぐみながら何度も詫《わ》びた。

五艘の船が羽咋《はくい》の入り江に入ってから十日が経った。ようやく一段落したことで、三太は太郎とゆっくり話す時を得た。場所は海が望めるあの原である。

「あれから何があったのです」

「まことに色々あった」

太郎ははにかみながら、この十年間のことを語った。

小舟で流されてから三日、太郎は岸に流れ着いた。初めて来るはずなのに、何処《どこ》かで見た景色のように思えたという。

その後、微かな記憶を頼りに歩いていると村に出た。いや、村というには巨大過ぎる。現地の者は、それを国と呼んでいた。

その昔、国の中で反乱が起きた。父母はそれに巻き込まれて死んだ。が、その直前、一縷の望みを掛けて長男を舟で流した。

それから三年後、反乱は鎮圧されて女王が擁立された。王族の中に男子がいなかったからしい。しかし、行方知れずとなっていた先代王の長男が突如として戻って来た。

「それが……」

「私だったらしい」

太郎は遠くを見つめながら言った。女王は従妹《いとこ》の間柄。未婚であったことから、太郎と結ばれて王位を譲った。つまり太郎が国の王となったのだ。

「旅人から小田中の惨状を聞いた」

すぐにでも助けに行きたいと思ったが、王が易々《やすやす》と国を離れる訳にはいかない。太郎が思い悩んでいた時、

――あちらも貴方の故郷です。行ってください。

と、王妃が背を押してくれたという。そして、こうして五艘の船で駆け付けたという次第であった。

「正夢だったということだ」

太郎はこの地にいた頃から、一国の王になる夢をよく見ていたと言う。それがまさしく現実になった訳だ。

「太郎が……いや、王様の夢はそれだったのですね」

昔、左近が執拗《しつよう》に問い詰めた夢。王になるなどといえば誤解を招く。だから決して口にしなかったのだと悟った。

「違う。それは眠った時にそのような夢をよく見たというだけ。私の思い描いた夢は別のもの

だ」

「では、その夢は……」

「皆を笑顔にしたいとな」

「それだけ？」

「ああ、それだけよ。しかし、大切な夢だ。口に出せば霧散しそうでな。ようやく今、こうして叶えることが出来た」

太郎は苦笑してこめかみを指で掻く。

先刻はたったそれだけかと言ってしまった。が、人は変わりゆく生き物である。その夢を守り抜くのが如何《いか》に難しいことか。きっと太郎の夢の結果は、この地で長く語り継がれることだろう。

「叶えることが出来た」

雄大な海、透き通るような空、太郎はその間に向けて再び呟く。その横顔をじっと見つめながら、三太は潮風の中で思わず頬を緩めた。

著者略歴

朝《あさ》井《い》リョウ

１９８９年、岐阜県生まれ。２００９年『桐島、部活やめるってよ』で第22回小説すばる新人賞を受賞しデビュー。２０１３年『何者』で第１４８回直木賞を受賞。２０１４年『世界地図の下書き』で第29回坪田譲治文学賞を受賞。２０２１年『正欲』で第34回柴田錬三郎賞を受賞。他の著作に『スペードの3』『世にも奇妙な君物語』『スター』などがある。最新作は『生殖記』。

麻《あざ》布《ぶ》競《けい》馬《ば》場《じょう》

１９９１年生まれ。慶應義塾大学卒業。２０２１年からＴｗｉｔｔｅｒ（現・Ｘ）に投稿していた小説が「タワマン文学」として話題になる。２０２２年、ショートストーリー集『この部屋から東京タワーは永遠に見えない』でデビュー。２０２４年『令和元年の人生ゲーム』が第１７１回直木賞候補に。

荒《あら》木《き》あかね

１９９８年、福岡県生まれ。九州大学文学部卒業。２０２２年『此の世の果ての殺人』で第68回江戸川乱歩賞を受賞しデビュー。本格ミステリの確かな技法に加え、心理に深く分け入った人間ドラマを描くことから「Z世代のアガサ・クリスティー」と呼ばれている。他の著作に『ちぎれた鎖と光の切れ端』がある。

今《いま》村《むら》翔《しょう》吾《ご》

１９８４年、京都府生まれ。２０１７年『火喰鳥 羽州ぼろ鳶組』でデビュー。２０２０年『八本目の槍』で第41回吉川英治文学新人賞を受賞。同年『じんかん』で第11回山田風太郎賞を受賞。２０２１年「羽州ぼろ鳶組」シリーズで第６回吉川英治文庫賞を受賞。２０２２年『塞王の楯』で第１６６回直木賞を受賞。他の著作に、「イクサガミ」シリーズ、『童の神』『てらこや青義堂 師匠、走る』『幸村を討て』『蹴れ、彦五郎』『茜唄』（上・下）『五葉のまつり』などがある。

今《いま》村《むら》昌《まさ》弘《ひろ》

１９８５年、長崎県生まれ。岡山大学卒業。２０１７年『屍人荘の殺人』で第27回鮎川哲也賞を受賞しデビュー。同作はその年のミステリランキングを席巻し、映画化、コミカライズもされた。その後、『魔眼の匣の殺人』『兇人邸の殺人』『明智恭介の奔走』とシリーズを刊行。２０２１年、テレビドラマ「ネメシス」に脚本協力として参加。他の著作に『でぃすぺる』がある。

小《お》川《がわ》哲《さとし》

１９８６年、千葉県生まれ。東京大学大学院総合文化研究科博士課程退学。２０１５年「ユートロニカのこちら側」が第3回ハヤカワＳＦコンテストで〈大賞〉を受賞しデビュー。２０１７年『ゲームの王国』で第38回日本ＳＦ大賞、第31回山本周五郎賞を受賞。２０２２年刊行の『地図と拳』で第13回山田風太郎賞、第１６８回直木賞を受賞。同年刊行の『君のクイズ』は第76回日本推理作家協会賞〈長編および連作短編集部門〉を受賞。他の著作に『嘘と正典』『スメラミシング』などがある。

加《か》藤《とう》シゲアキ

１９８７年、大阪府出身。青山学院大学法学部卒業。２０１２年『ピンクとグレー』で作家デビュー。２０２１年『オルタネート』で第42回吉川英治文学新人賞、第8回高校生直木賞を受賞。２０２４年『なれのはて』で第１７０回直木賞候補。「ＮＥＷＳ」のメンバーとして活躍しながら作家としても精力的な活動を続けており、評価を高めている。他の著作に『閃光スクランブル』『Ｂｕｒｎ．－バーン－』『傘をもたない蟻たちは』『チュベローズで待ってるＡＧＥ22・ＡＧＥ32』（全2冊）、エッセイ集などに『できることならスティードで』『1と0と加藤シゲアキ』がある。

佐《さ》藤《とう》究《きわむ》

１９７７年、福岡県生まれ。２００４年、佐藤憲胤名義で書いた『サージウスの死神』が第47回群像新人文学賞優秀作となりデビュー。２０１６年『ＱＪＫＪＱ』で第62回江戸川乱歩賞を受賞。『Ank : a mirroring ape』で第20回大藪春彦賞、第39回吉川英治文学新人賞を受賞。２０２１年『テスカトリポカ』で第34回山本周五郎賞、第１６５回直木賞を受賞。２０２４年『幽玄Ｆ』で第37回柴田錬三郎賞を受賞。他の著作に『爆発物処理班の遭遇したスピン』『トライロバレット』など。

蝉《せみ》谷《たに》めぐ実《み》

１９９２年、大阪府生まれ。早稲田大学文学部演劇映像コース専攻卒業。２０２０年、「化け者心中」で第11回小説野性時代新人賞を受賞しデビュー。２０２１年『化け者心中』で第10回日本歴史時代作家協会賞（新人賞）、第27回中山義秀文学賞を受賞。２０２２年『おんなの女房』で第10回野村胡堂文学賞を受賞。２０２３年同作で第44回吉川英治文学新人賞を受賞。２０２４年、『万両役者の扇』で第15回山田風太郎賞を受賞。他、アンソロジーなどに短編を発表している。

柚《ゆず》木《き》麻《あさ》子《こ》

１９８１年、東京都生まれ。２００８年「フォーゲットミー、ノットブルー」でオール讀物新人賞を受賞し、２０１０年に同作を含む『終点のあの子』でデビュー。２０１５年『ナイルパーチの女子会』で第28回山本周五郎賞を受賞。２０１６年同作で第3回高校生直木賞を受賞。他の著作に「ランチのアッコちゃん」シリーズ、『伊藤くんＡ ｔｏ Ｅ』『らんたん』『ついでにジェントルメン』『オール・ノット』『あいにくあんたのためじゃない』など。『ＢＵＴＴＥＲ』が英語圏で大ヒットするなど、世界からの注目も集めている。

「あえのがたり」はチャリティ小説です。
本書は書き下ろしです。

あえのがたり

著者
朝《あさ》井《い》リョウ
麻《あざ》布《ぶ》競《けい》馬《ば》場《じょう》
荒《あら》木《き》あかね
今《いま》村《むら》翔《しょう》吾《ご》
今《いま》村《むら》昌《まさ》弘《ひろ》
小《お》川《がわ》哲《さとし》
加《か》藤《とう》シゲアキ
佐《さ》藤《とう》究《きわむ》
蝉《せみ》谷《たに》めぐ実《み》
柚《ゆず》木《き》麻《あさ》子《こ》

発行者　篠木和久
発行所　株式会社講談社
〒一一二－八〇〇一　東京都文京区音羽二－一二－二一
電話　出版　〇三－五三九五－三五〇五
　　　販売　〇三－五三九五－五八一七
　　　業務　〇三－五三九五－三六一五

KODANSHA

本文データ制作　講談社デジタル製作
印刷所　株式会社ＫＰＳプロダクツ
製本所　株式会社若林製本工場

二〇二五年一月二〇日　第一刷発行

ISBN978-4-06-537876-2 N.D.C.913 222p 20cm